侠饭 ③
黑吃黑

[日] 福泽彻三 著
周立彬 译

中国友谊出版公司

目 录

序章
干部的椅子和老家的拆迁
001

第一章
鸡肉丸扁炉 / 超便宜　超美味
037

第二章
海苔鸡蛋卷和金针菇豆腐 / 早饭一口接一口
067

第三章
超辣韩国火鸡和部队锅 / 辣椒素的惊人功效
081

第四章
咖喱无面肉汤和鸡蛋拌饭 / 宿醉的早晨吃更美味
097

第五章
半夜的饭团 / 冰凉却暖心
115

第六章
在家就能做的美味牛肉盖饭 / 便宜的肉做出来更好吃
139

第七章
原创美食盛宴 / 美味又增强体力
159

第八章
回忆是最强的调味料 / 母亲的味道要用心品尝
175

尾声
侠义之士当尝人生百味
205

序　章

| 干部的椅子和老家的拆迁 |

那栋公寓位于一座小公园边上。

布满枯萎爬山虎的墙面上钉着一块牌子,上面写着"若草公寓"。公寓是一栋钢筋结构的轻量级二层建筑,房龄至少有四十年。

若草公寓位于东武伊势崎线竹之冢站附近的住宅区。尽管附近都是老旧的民房,但若草公寓是最脏乱的。

桶谷翔指着入口处前的自动售货机,说道:"这东西好厉害啊。钢筋饮料[1]、蜜桃味天然水,都是些我没喝过的东西。"

自动售货机的表面布满红色铁锈,装着咖啡和果汁样品的玻璃护罩已经碎了。样品中的好几瓶早已被偷走,剩下的几乎都是如今不怎么常见的饮料了。

公寓的铁楼梯也已经生锈了。涩川卓磨踩上楼梯,说道:"那

---

[1] 钢筋饮料:1989年开始发售的一款含有铁、钙和酪蛋白磷酸肽(CPP)的保健饮料。

两样我都喝过，在我还小的时候。"

"真的吗？可是，那些都是好几十年前的饮料吧？"

"我今年才二十七岁，也就只跟你差了六岁而已。"

"同为二十多岁的人，差六岁就已经差很多啦。没想到店长你已经这么老了。"

"闭嘴。"

卓磨用手掌拍了一下桶谷的脑袋，来到公寓楼二楼的外部走廊。走廊里堆满了空塑料瓶和枯叶，还放着一台积满灰尘的儿童三轮车。

十月临近中旬，日落也越来越早了。现在才刚过四点，太阳就已经西斜，住宅区被染上了一层暗红色。

卓磨在走廊尽头的二〇六号室门前停下脚步。

简陋的胶合板大门上的信箱中露出各类账单和信封，门的下半部分凹凸不平。这一定是上门催债的人踢出来的痕迹。

大门边上摆放着一台老式洗衣机，洗衣机边上堆满了鼓鼓的垃圾袋。卓磨从军装夹克的口袋中掏出以他人名义签约的手机，拨通了小薪圣子的电话。

屋里没有传来铃声，通话和之前几次一样被转到了语音信箱。

卓磨挂断电话，抬了抬下巴。桶谷用力敲了敲门。

"小薪小姐——我们是 Tongs 的人！你在家吗？"

他用响亮的声音问道,但没有人回应。门被上了锁。

桶谷扭动着门把手,"啧"了一声,说道:"可恶,居然跑路了。"

"别妄下定论。你去看一眼电表。"

桶谷飞快地跑下一楼。卓磨打开洗衣机的盖子,摸了摸洗衣机内部。他闻了闻湿润的指尖——有洗衣液的味道。虽然小薪最近几天失去了联系,但看样子还没跑路。

桶谷冲上二楼,说道:"电表盘还在转。"

"果然在家。"

"竟敢耍我们。要我把门踢开吗?"

"住手。那可是毁坏财物和入侵民宅。"

"我们的追债手段还真温和啊。对付欠债不还的家伙,就该直接绑起来,暴打一顿才对。"

"你漫画看多了吧?"

桶谷今年二十一岁,高中辍学后开始打工,换过好几份工作。三个月前开始从事高利贷行业,但因为很少有机会上门催债,所以还没掌握催债的诀窍。

"那要怎么办啊?要在这里一直等下去吗?"桶谷噘着嘴说道。

就在这时,卓磨听见附近小学的放学钟声。或许是因为时值黄昏,那声音听上去有些凄凉。

"小薪小姐,我们在楼下等你。"卓磨对着门说道。

可想而知,还是没人回应。

"你儿子应该快到家了吧。"

话音刚落,屋内便传来急促的脚步声,门随后打开了。一个矮小的女人慌乱地解开门链,尖声说道:"不要再来骚扰我们了!这不关柔斗的事!"

是负债人小薪圣子。

圣子顶着一头乱蓬蓬的金发,发根发黑。她素面朝天,皮肤状况很差。今年二十五岁的她看上去比同龄人还要老得多,荧光粉色的运动服穿在身上显得十分不搭调。

"你这浑蛋,为什么装作不在家?"桶谷一脚踩进门里怒吼道。

圣子对此嗤之以鼻,说道:"我没有装,是在睡觉。我昨天很晚才上床。"

"柔斗是你儿子的名字吗?"

"是啊……"

"怎么个写法?"

圣子用手指在空气中写下"柔斗"两个字。

"呜啊,好非主流的名字……"

"我不知道啦。是我前夫擅自给他取的。"

"但这名字也太奇葩了吧。你不觉得你儿子很可怜吗？"

桶谷将眉毛皱成"八"字，笑了出来。

"闭嘴。"卓磨说道，"小薪小姐，能麻烦你把欠的钱还上吗？连本带利一共是十二万日元。"

"我已经付给你们三十多万的利息了。我一开始只借了五万日元啊，为什么还剩十二万日元？"

"因为每次还款日你都只还清了利息，最近甚至连利息都没还。我们公司规定的利息是十五[1]。"

"十五的利息是违法的。我根本就没必要付。"

"小薪小姐，你在借钱时已经同意了本公司的利息条件。事到如今才谈什么法律，不觉得有些卑鄙吗？"

"随你怎么说，反正我是没钱了。"

"应招女的工作干得还顺利吗？一天可以赚个两三万日元吧。"

"最近都没什么客人，而且我在别的地方也借了钱……"

"是把钱都花在弹珠店了吧？"

"都怪弹珠店不让我中奖啊。赌马也总是赌不中。"

卓磨苦笑着，挠了挠自己的短寸头。

"那我明天再来吧。要是家里没人的话，我就去参观你儿子上

---

[1] 十五：每十天产生 50% 的利息。

课了。"

"我都说了,别把柔斗扯进来!小心我报警。"

"想报就报吧。要是我被抓了,就会有更难缠的人上门。"

圣子叹了口气,垂下脑袋。

"这样就对了。"卓磨说道,"看样子要你还钱是不太现实了,那我们这么办吧:你去开四个银行账户,把存折和卡交给我们,你的债就一笔勾销。"

"真的吗?"

圣子原本空洞的双眼散发出光芒。

卓磨来到隔壁的公园,坐在长椅上。

公园里的玩具只有滑梯和单杠,小小的广场上堆满落叶。或许是因为气氛阴沉,公园里一个人都没有。

桶谷留在了公寓,监视着圣子用手机申请银行账户。近来银行也开始关注起账户的滥用行为,申请难度高了不少,得选择那些审核较松的银行才行。

就在卓磨坐在长椅上看着手机时,一位身穿学生制服,背着双肩包的少年走进了公园。少年将双肩包放在地上,双手抓住单杠。

他似乎是想在单杠上做一个翻转,用脚反复踢着地面,却一直没能成功。不久,他便累得蹲在了地上。

卓磨从长椅上站起身,走向少年。

"小朋友,你现在读几年级了?"

少年细长的眼睛中流露出警戒的神色。

"三年级。"他冷漠地答道。

他留着长刘海,制服又皱又脏。在看到少年名牌上写着"小薪柔斗"四个字的时候,卓磨脸颊的肌肉下意识地抽动了一下。

卓磨将手伸向棉裤的口袋。他还在犹豫该不该掏出钱包,少年却已经背起双肩包离开了。

卓磨再次坐回长椅上。

片刻后,桶谷回到公园,说银行账户的申请已经完成了。

"我让她把卡和存折寄到老地方了。"

老地方指的是一个和小薪圣子一样的多重负债者的家中。众所周知,转让银行账户是违法行为,为了不留破绽,必须让第三者代为收取。

"弄到一半的时候那个小鬼回来了,搞得我不知道该怎么办才好。"

"想不到你还有点人性啊。"

"当然有了。你说要去参观他上课,是认真的吗?"

"是啊……"

"店长，你可真是个恶魔啊。"

"想要干这行，不狠下心可不行。"

"那小鬼也挺可怜的。老妈欠了一屁股的债，还被取了个格斗游戏角色一样的名字……"

"你也半斤八两吧。"

"虽然我和他一样，家里很穷，但'翔'这个名字还是很普通的。话说，为什么我们公司的名字叫Tongs啊？"

"因为夹钱啊。"

"啊，原来如此。不是用Tongs夹菜，而是夹钱啊。[1]"

"在回收小薪账户的时候可别出什么差错。你的实习期也差不多快结束了。"

"好。不过，光是让她申请几个账户，就把十二万日元一笔勾销，真的没问题吗？"

"黑账户的行情是每个两万到三万日元。四个账户刚好十二万日元。"

"要是有人肯出三万日元来买，那就赚到啦。"

"赚个鬼！用来放高利贷的账户很容易被冻结。账户被冻结之后，其他金融机构也会得到户主的信息，户主之后就再也开不了

1　向地下钱庄借钱的行为在日语中被称为"夹钱"。Tongs原文为トング，指各类夹子，但多指用于夹取食物的食品夹。

户了。而且,要是被警察查到,还会因为涉嫌诈骗被逮捕。"

"那还真是棘手啊。那对母子今后该怎么办?"

"谁知道呢?实在没办法就只能靠低保过日子了。"

卓磨从长椅上站起身。

两人来到附近的临时停车场,坐进一辆翼豹里,蓝色的车身上喷着动漫人物图案的喷漆。

虽然这辆俗称的"痛车[1]"很容易吸引周围人的目光,但毕竟是辆没经过车检的弃车,不用就浪费了。这车是去年从一个宅男负债人手上抢来的,现在被作为工作车使用。

离开竹之冢后,两人去了好几间弹珠店,向常客提供贷款和催债。

因为是星期五晚上,每家店都挤得水泄不通,贷款的申请也很多。大部分客人在周末就会把借的钱输光,又得再借更多。

在返回公司前,两人去了一趟停车场,将名片大小的传单夹进车子的雨刷里,上面写着"银行黑户、个人破产者也可申请。欢迎主妇、自由职业者、高龄人士来电咨询。当日急速贷款!Tongs融资"几行字和电话号码。

---

[1] 痛车:意为"让人看了觉得很可怜的车",特指车身上带有动漫相关人物喷漆的车辆。

在两人跑完今天的业务回到位于北千住的事务所时，已经过了晚上七点。

事务所在一栋公寓楼内，同事们都管这里叫"现场"。这里原本住着一位上班族客人，因为还不起钱被赶出家门，房子被用作抵押，供 Tongs 使用。

不过，卓磨平时也睡在这里，所以这里也算是他的家。房子目前仍在前任户主名下，因此严格意义上并不算是一家公司。公司除 Tongs 之外还有好几个不同的店名，根据地域和客人不同而区别使用。

显然，这么做是为了掩人耳目，以防被警察盯上。一旦快被警方查到，就会直接抛弃现在的店名和事务所，找个新地方重新开始做生意。

卓磨虽说是店长，但实质性的经营全都交由"总部"一手操办。所谓总部，就是在东京都内的黑社会中拥有强大势力的"烤串联合会"。工会在世人的认知中是一个半灰色集团[1]，组织的整体情况就连卓磨都捉摸不透。

工会的活动范围很广，从高利贷、地下赌场、风俗店[2]、娱乐经纪公司、交友软件的经营，到贩卖山寨名牌货、网络拍卖诈骗、

1　半灰色集团：指不属于暴力组织，却频繁实施犯罪活动的集团。
2　风俗店：提供色情服务的店铺的统称。

成人网站诈骗、非法拘留者中介、汇款诈骗等,涉足各类地下产业,在网络上被称为"恶行百货店"。

光是地下钱庄就有好几家,店铺相互之间没有联系。一切都由总部进行统筹,因此卓磨也不知道像他们这样的店还有几家,有多少员工。

卓磨从实习生干起,在一年前被提拔为店长。眼下,店里经营状况没有太大的问题,业绩也在稳步上涨。

卓磨和桶谷在玄关脱下鞋子,走进事务所。屋内有点事务所感觉的东西就只有三张老旧的办公桌和前任住户留下的一张沙发。房屋是两卧一厨一餐的格局,开放式厨房和西式房间用于办公,日式房间则是卓磨的卧室。

卓磨向留守在店里的炭冈则文询问今天的营业额。

"四个新客户。不过,不管我再怎么劝,稗田都说要把钱全部还完……"

"你让他把钱汇过来了吗?"

"我阻止过他,但他还是擅自汇过来了。"

"给他打个电话,让他之后有需要再来找我们,态度好点。告诉他下次利息算十三就行。"

"明白了。另外,栗又又拖欠利息了,电话也打不通。"

卓磨"啧"了一声。

"给他叫个外卖吧。"

"明白了。真是叫人火大啊，再给他叫个应召女吧？"

卓磨点了点头，坐到办公桌前，在电脑中输入出纳数据。

稗田和栗又是中介介绍来的客人。Tongs 的客人大部分是弹珠店的常客，贷款和还款时都是当面交付。但在联系中介介绍来的客人时，大多是通过电话，几乎不会见面。

中介会在杂志或网页上发布显眼的广告，客人看到广告后，就会打电话给中介申请贷款。虽然广告中反复出现"融资"两个字，但中介其实一分钱都不会借给客人。他们只负责把客人介绍给合作的地下钱庄，从中赚取中介费。

无论是弹珠店的客人，还是中介介绍来的客人，要是用强硬的手段催债，很容易导致负债人报警。所以若非必要，一般情况下不会穷追猛打。还款日期和金额都是可以商量的。偶尔也会像今天这样，让负债人用其他手段偿还欠款。

不过，中介介绍的客人，除非情况非常特殊，否则地下钱庄的人几乎是不会与其直接见面的。为了不让对方得知我方真实情况，所有的联系都通过电话进行。不过正是因为平常都是通过电话催款，所以对方若是欠款不还，地下钱庄就会采取较为激进的手段追债。

常见的做法是拨打负债人家庭或公司的电话，威胁对方如果再不还钱，就直接上门收款。此外，还会发送大量邮件和传真催促还款。实在不行，还会一个接一个地拨打负债人家人、亲戚、朋友甚至上司的电话，让他们代为还款或成为担保人。

要是这样都行不通，公司就会对负债人进行没完没了的骚扰。

先是寄讣告给负债人的家人朋友，接着订购大量比萨和寿司外卖，送到其家门口。代驾、救护车和消防车会接二连三地上门找人。对付栗又这种不长记性的客人时，甚至还会以他的名义预约情色按摩和应召女上门服务。

尽管负债者都会澄清这些外卖和服务不是他叫的，但很难解释自己遭到这种骚扰的原因。比萨还能咬着牙掏钱买下，其他的几样就真的束手无策了。骚扰一直这么持续下去，难免会引得邻里侧目。遇上脾气暴躁的店家，有时候当场就会发生纠纷。

即便负债人报警，地下钱庄用于联络的手机号也全是以他人名义注册的，追查不到源头。警察顶多也只能把进行骚扰的手机号停机，最后教训他这是自作自受罢了。

"你这浑蛋，借了钱不用还吗？下次还款日前要是再没还清，当心我去你老婆娘家闹事！"桶谷对电话另一头的负债人怒吼道。炭冈似乎是嫌他太吵，拿着手机去了阳台。

卓磨继续输入数据。片刻后，炭冈坏笑着回到了屋里。

"我给他订了十人份的顶级寿司，还从两家风俗店叫了上门服务。"

"两家？"

"嗯。一家胖妹，一家老年熟女，预约在不同的时间段……"炭冈嘿嘿地笑了。

炭冈今年二十二岁，刚从大学毕业。他肤色苍白，长着一张娃娃脸，体格也很瘦弱，不适合上门催债。

不过据他本人说，比起在普通公司上班，他觉得自己更适合在地下钱庄工作。炭冈的性格极具攻击性，在电话中的声音也咄咄逼人。

那天晚上直到快九点了，卓磨才让桶谷和炭冈回家。

干高利贷这一行的，上班时间不固定，自然也不会有加班费。何时下班全凭店长卓磨的判断。

卓磨把回家路上在便利店里买的烤猪肉盒饭用微波炉加热，从冰箱中取出了一瓶发泡酒[1]。为了省钱，卓磨已经过了好一段在外只吃快餐，在家只吃烤猪肉盒饭的生活了。

卓磨就着烤猪肉，喝着发泡酒，偶尔扒两口饭。

晚饭时间是他一整天中最为放松的时光。毕竟干着违法行当，

---

[1] 发泡酒：指辅料成分较高的啤酒。

必须时刻当心。但只要吃到晚饭,卓磨就有种平安度过了一天的感觉。

电视上正播放着一位母亲因虐待儿童而被逮捕的新闻。看着被警察押走的那位母亲,卓磨的脑海中浮现出了小薪柔斗的样子。

看见他在公园单杠上练习翻转,让卓磨回忆起了自己的童年。

卓磨在一个贫穷的单亲家庭中长大,是家中的独生子,和母亲两人相依为命。

最开始,卓磨的家庭条件并不差。他的父亲卓司经营着一家连锁快餐公司,员工数一度接近两百人。可是,在卓磨上幼儿园的时候,受到泡沫经济崩坏的影响,公司倒闭了。

父亲担心家人的生活受到影响,事先和母亲协议离婚了。不久后,父亲似乎是在进行公司的善后工作时,因为操劳过度引发脑梗死病故了。

因生活所迫,母亲绫子带着卓磨搬进了一栋公寓。

父亲还在世时,一家人住在一栋附带庭院的大屋子里。因此,即便卓磨当时还小,却也对木质结构、水泥墙面的老旧公寓感到了不适应。

卓磨的外公涩川伊之吉在浅草一带的平民区领导着一个黑帮组织——换句话说,就是黑帮的帮主。但卓磨的母亲考虑到对儿子的影响,在丈夫死后没有回到娘家。

伊之吉的妻子，也就是卓磨的外婆在还年轻的时候就去世了，卓磨和母亲两人无依无靠。母亲没有向任何人寻求帮助，靠打零工度日。

母子两人生活窘迫，卓磨的零花钱也很少，没办法像同学那样购买当时流行的漫画和游戏，总是一个人玩耍。

而且，母亲对卓磨的管教十分严格。卓磨每次考砸，她都会厉声训斥他："你这种成绩，长大了该怎么办啊？现在不好好学习，将来吃苦的可是你自己。"

在学校没有朋友，回家还得挨骂。卓磨几乎没有什么快乐的童年记忆。他无数次想过，与其过着这样的日子，还不如从未出生在这个世界上。

他唯一的聊天对象，就是在附近公园认识的一位"叔叔"。

第一次遇见叔叔，应该是在小学三年级的时候。

卓磨已经记不清自己为什么会和叔叔说上话了。他应该也问过叔叔的名字，但已经想不起来了。

叔叔总会在星期日下午到公园去。

叔叔的头发梳成三七分，戴着一副度数看起来很高的厚眼镜。他五官端正，个子高挑，但小腹却微微隆起。他的年纪应该有六十多岁了，但因为头发染成黑色，看上去年轻了不少。

叔叔总会坐在长椅上，给流浪猫和鸽子喂食，呆呆地望着远处儿童玩耍的样子，一副无所事事的样子。后来卓磨听叔叔说，他一直是一个人生活，最近刚从公司退休了。

叔叔总是坐着，从不起来，也不陪卓磨玩球，但在听卓磨说话时非常认真。

学校的事、家里的事、学习的事、将来的事，无论是怎样的话题，叔叔都会耐心地听下去，在卓磨说完之前绝不离开。

卓磨偶尔提到自己想要些什么东西，叔叔也会给他一点小钱，让他去买。在给钱时，叔叔总会将食指放在嘴唇前，对卓磨说："你听好了，这事可不能告诉妈妈哦。"

"为什么？"

"因为这个世界上有很多很坏的大人，你妈妈知道了会担心的。"

虽然拿到叔叔给的零花钱让卓磨很高兴，但如果买了游戏机那么贵的东西，一定会被妈妈质问钱是从哪里来的。因此，卓磨把叔叔给的钱全都偷偷存了起来，什么也没买。

自从认识叔叔之后，卓磨总是盼着周日到来。叔叔似乎也很期待见到卓磨，就算天气不好的日子也会在公园里等他。幸亏长椅上有挡雨棚，两人才没被雨雪淋湿。

卓磨与叔叔奇妙的友谊持续了半年左右。

那是发生在卓磨小学三年级寒假中的事。周日下午，卓磨一如往常地来到公园，却发现公园门口停着一辆警车。

三个身穿制服的警察围着叔叔。卓磨吓了一跳,打算冲过去,但注意到卓磨的叔叔摇了摇头。

异样的氛围让卓磨停住了脚步。不一会儿,叔叔便被警察们带出公园,坐上了警车。卓磨连忙追上去,却听到四五个家庭主妇在路上悄声议论。按她们的说法,似乎是有人发现公园里坐着个可疑的男人,所以才报了警。

那之后,叔叔就失去了联系。

卓磨虽然深受打击,但自然还是没和妈妈提起这件事。一想到叔叔有可能是罪犯,有可能对自己心怀不轨,卓磨就害怕得不得了。终于,随着岁月流逝,当时的记忆也被冲淡,现在想来一切仿佛只是大梦一场。

小薪柔斗说不定也是抱着和当时的自己一样的心情到公园去的。

一想到这里,卓磨的内心就微微作痛。然而,自己注定没办法成为他的叔叔。同情和宽容只会带来灾难。

自从到地下钱庄工作的那天起,卓磨就下定决心要当个无情之人。

他喝着发泡酒,将剩下的盒饭扒进嘴里。

吃过晚饭后,卓磨做了俯卧撑和仰卧起坐,接着冲了个澡。

工作原因导致卓磨平时运动不足,体形有些走样。他心想,必须锻炼好身体以防遇上麻烦，但把钱花在健身房里又太浪费了。

电视上正播着一档直播节目，屏幕中映照出一处挤满了年轻男女的热闹街头。周五的夜晚只能一个人在家度过，着实寂寞。

自从干了这一行，储蓄成了卓磨唯一的爱好。

他之前是一位重度吸烟者，但出于健康和节俭考虑戒了烟。虽然至今还未能戒酒，但饮酒量已经大不如前，太烈的酒也不怎么喝了。约会开销也要精打细算，导致他近两年来交不到一个女朋友。

不过也多亏这样，卓磨的储蓄已经超过一千万日元了。

网上的文章说，同龄人的平均储蓄金额在两百七十万日元左右。一想到自己的储蓄是其他人的三倍多，一种优越感油然而生。而且，一想到大家都在吃喝玩乐，自己却压抑着欲求，这也给了卓磨一种禁欲的快感。

只不过，一想起母亲的脸，卓磨就感到有些愧疚。

卓磨上大学二年级的时候，母亲在工作的超市里倒下了。诊断的结果是癌症晚期，已经无药可救了。

卧病在床的母亲让卓磨去投靠伊之吉。

母亲是伊之吉在三十多岁的时候得到的第一个孩子，祖孙两人的年龄差了五十岁以上。虽说是自己的外公，但一想到要和素未谋面的老人一起生活，卓磨就有些不悦，更别说那老人还是黑帮帮主了。

"虽然我当时和他大吵了一架,离家出走,但他毕竟是你外公。你就去见上他一面吧!"

听母亲这么说,卓磨才不情不愿地给帮派的事务所打了电话。但伊之吉不光是没来探病,甚至连葬礼都没有出席。如此无情的举动让卓磨越发不想投靠他了。

母亲下葬后,卓磨在整理遗物时,找到了一本在自己名下的存折。

母亲即便过着清贫的生活,心中却还是想着要给自己存钱。多亏有了这笔钱,卓磨才不必为当时的学费和生活费操心。话虽如此,孤身一人的卓磨总觉得自己和终日玩乐的同学们完全是两个世界的人。

出于就业的考虑,卓磨本应将大学读到毕业。但一想到自己父母双亡,他就觉得在求职路上已经低人一等,无心学习。他辍了学,打算寻找适合自己的赚钱路子。

那之后卓磨打过好几份零工,却总找不到一份像样的工作。他为求高薪,投身于夜晚的世界中。从夜总会到酒吧,他试过很多工作,却没有一份能坚持下来。

卓磨是在两年前担任司机接送应召女的时候,认识烤串联合会的荒柿的。当时为应召女善后——处理各类麻烦的荒柿对他说:"当应召女的司机不仅辛苦,赚得还少。我知道一个赚钱更多的工作。"

之后他便为卓磨介绍了这份高利贷的工作。

放高利贷确实很赚钱。不过要是母亲还活着,一定会立刻让他辞掉工作吧。她坚决不碰任何不正当的工作,也正是因为如此,她才没有回到伊之吉身边。

说到底,高利贷这行也没办法长久干下去。一旦被警察抓住,存款被冻结就全完了。卓磨想早日金盆洗手,开一家合法的公司。为此,他必须更加努力地赚钱。

卓磨玩了会儿手机游戏打发时间,直到凌晨一点才上床。

因为总是紧绷着神经,所以卓磨不仅难以入睡,睡眠还浅。辗转反侧无数次后,卓磨终于进入了梦乡。但没过多久,耳边就响起了达斯·维德[1]的主题曲。

枕边时钟的时针指向凌晨两点。虽然才刚睡下就被吵醒,这让卓磨非常火大,但这铃声代表电话是荒柿打来的,他不能不接。

卓磨按下了手机上的接听键。

"是我。"耳边传来荒柿的声音,"我有事要告诉你。现在马上过来。"

---

1 达斯·维德:电影《星球大战》系列中的人物。

他说了个位于六本木的俱乐部的名字。听到卓磨的回复后，荒柿立刻挂断了电话。

卓磨叹着气，从铺盖中坐起身。

荒柿才刚是烤串联合会的大干部，换句话说就是卓磨工作上的上司。把地下钱庄的工作介绍给他，并将他提拔为店长的就是荒柿，卓磨没办法对他的要求说不。

他急匆匆地换好衣服，走出家门。

虽说开着"痛车"来到夜晚的六本木让卓磨感到十分羞耻，但他还是不舍得花钱打车。

他抵达目的地大楼，将翼豹停进地下停车场，乘坐电梯来到顶楼。荒柿让卓磨来的这家俱乐部规定男性不能单独进店，而且进店前还得检查着装和身份证。不过，黑衣门卫认得卓磨，二话不说就让他进去了。

店里播放着电子舞曲，豪华吊灯和聚光灯光辉夺目，玻璃窗外的东京夜景一览无余。

卓磨穿过吧台和DJ台，来到俱乐部的主体区。

这里是六本木数一数二的轻浮俱乐部——进店的人几乎都是来这里寻求艳遇的，没有人在认真听音乐，DJ也只是漠然地打着碟。

虽然已经凌晨三点了，但主体区还是挤满了二十多岁的年轻男女。卓磨拨开人群，走向最靠里的 VIP 室。VIP 室的入口处铺着红地毯，用挂绳隔离了起来，门边站着一名黑人保安。

一个身穿黑色背心的男人坐在弧形长沙发上。

男人将头发染成灰色，发长及肩，脸形细长，皮肤白得和女人一样。他有着一双大眼睛，高鼻梁，光看脸会让人误认为是一名偶像。然而脖子往下的部分却仿佛变了个人似的，胸肌结实得像只猩猩，上臂肌肉也十分发达。

眼前的男人是烤串联合会的领袖鲛冢胜彦。

鲛冢举着一杯香槟，着装暴露的女性侍奉在其左右。戴着的项链和钻石手表从光泽上看应该是白金的。

大理石桌面上摆着好几个放有唐培里侬香槟的香槟桶，巴卡拉的酒杯在灯光下熠熠生辉。

鲛冢对于卓磨来说是高不可攀的存在。他不仅从没和鲛冢说过话，连这么近距离地看他还是头一遭。鲛冢的年纪和荒柿相仿，大约三十岁，却有着一种领袖的气场。

身穿白色西装的荒柿坐在女人旁边，面朝鲛冢，露出讨好的笑容。他留着一头金色短发，晒得黝黑的脸颊十分厚实，看上去就算挨上几拳也不痛不痒。从脖子往下直到手指，露在外面的部分全都布满了文身。

荒柿注意到了紧张得呆立在原地的卓磨。

"你愣着干什么？还不快向领袖问好。"

卓磨连忙鞠了一躬，但鲛冢却一言不发地抬起了手。

女人们同时站起身，离开了房间。卓磨被要求坐到桌子对面一张没有靠背的圆椅上。

"你……"鲛冢低声说道，"我听说你外公是黑帮帮主啊。"

"是……是的。是一个叫涩川组的……"

"他现在多大年纪了？"

"大概超过八十了。"

"连年纪都不清楚？你不是他外孙吗？"

"是……是这样没错，但我一次都没见过他。"

"帮派事务所的面积有多大？"

"这我也不清楚。因为还没有去过……"

鲛冢用他那对深邃得像是上了眼影似的大眼睛瞪着卓磨——实际上，他似乎确实上了眼影。异样的目光让卓磨提心吊胆。

"房地产的人说，一旦开始施工，很快就能拆除。"荒柿回答道。

"拆除？"卓磨下意识地嘀咕道。

"就是拆迁。"荒柿说道，"公司打算在那里盖一间大型酒店，招揽外国游客。拆迁工作原本进展得非常顺利，但房地产商去找你外公商量的时候被他赶了出去。"

"是这样啊……"

"听说那臭老头还威胁要动用武力赶人。再怎么说对方也是黑帮，起冲突会很麻烦。所以，就由你去说服他搬走吧。"

"可……可是，就像我刚才说的，我和外公从没见过面……"

"就算没见过面，你也是他的外孙。给我想想办法。"鲛冢说道。

卓磨不敢拒绝，只好模棱两可地点了点头。

"拆迁费我们会出，这对你的外公来说也不是一件坏事。如果你外公没有其他子嗣，那笔钱最后也是由你继承。"

"要是拆迁工作进展顺利，就让你也坐到这边来。"荒柿说道。

"这边"指的大概是将自己提拔为干部的意思吧。

虽然要面对伊之吉会让卓磨感到惴惴不安，但这是个大好的机会。

不仅能升任干部，不久之后说不定还能继承遗产。反正没办法拒绝，也只能试试看了。

第二天下午，卓磨将工作交给下属，来到了涩川组。

卓磨觉得总不能开着带有动漫人物喷漆的"痛车"去涩川组的事务所，于是便搭乘地铁，在浅草下车，朝雷门方向走去。为了让自己看上去正经一点，卓磨百年不遇地系上了领带，但似乎和短寸头有些不相称。

秋高气爽，凉风怡人，卓磨的内心却沉重不已。他根本不知道该如何说服伊之吉。连房地产商都被他威胁了，要是自己一见面就提拆迁的事，他肯定会火冒三丈。

母亲在生前几乎没向卓磨提起过伊之吉。

正因如此，卓磨完全不知道外公是个怎样的人。母亲只让他看过一张身穿和服的伊之吉抱着年幼女儿的照片。然而照片早已褪色发黄，伊之吉的脸也变得模糊不清。

卓磨不知道初次见面时应该怎样向外公问好。

以外孙的姿态面对他应该是最为稳妥的。但两人素未谋面，自己突然说想过来找他玩也很奇怪。要不就说想见上他一面好了，但那样也不太自然。再说了，对方是个连自己女儿的葬礼都没来参加的无情之人。即便自己这个外孙找他相认，他或许根本也不会当一回事。但除了动之以情，卓磨想不到任何能够说服伊之吉接受拆迁的手段。

卓磨避开观光客聚集的大路，走进脏乱的小巷。他依照手机地图的指示前进，不久后就抵达了目的地。

然而，周围却看不到任何像是帮派事务所的建筑物。

本应是帮派事务所的地方，盖着一栋巨大的瓦片房屋。那是一栋木造的平房，玄关大门是像旅馆一样的玻璃门。

在看到写有"涩川"二字的泛黑门牌时，卓磨大吃一惊。

"难道说，这里就是……"

黑帮事务所一般都位于钢筋混凝土的大楼中。

为了在冲突交火时占得上风，仅有的几扇玻璃窗用的是防弹玻璃，大门是厚实的金属门，楼里安装着无数监控摄像头和不分昼夜地照亮来访者的探照灯——普通的黑帮事务所给人的印象是这样的，但卓磨眼前这栋建筑几乎只是一间老民房。

卓磨提心吊胆地拉开玻璃门，走进玄关。宽敞的玄关连接着铺有木地板的走廊。

"有人在吗？"卓磨有些犹豫地问道。

屋内传来沉重的脚步声，没过多久，一个肥胖的男人就出现在他面前。男人的身材像个相扑选手，个子却不高。五官全部挤在一起，也就是所谓的"没长开"，年纪看上去才刚步入老年。

男人穿着一件深蓝色短外衣，上面印染着"涩川组"几个白色大字。男人的样子让人感觉他似乎是从过去的黑帮电影中穿越来的，很难想象他居然是个现代人。

男人跪坐在玄关的地板框上，抬头看向卓磨。

"非……非常抱歉，请……请问您是？"男人用粗哑的声音问道。他似乎有些口吃。

卓磨告诉男人自己是伊之吉的外孙,后者立刻睁大了眼睛。

"实……实在是万分抱歉。"

男人跪坐在地板框上,双手抱拳触地,低头鞠了一躬。正当卓磨为其夸张的行礼而感到不知所措时,男人终于抬起了头,朝屋里喊道:

"二……二当家!卓……卓磨少爷回来了!"

没过多久,走廊深处便传来脚步声,一名同样身穿短外衣的秃头老人出现了。半张半闭的眼睛和微微上扬的嘴角让他看上去像是一尊佛像。

老人眯起细长的双眼,朝卓磨深深鞠了一躬。

"欢迎回家。不巧帮主今日卧床,没能好好为您接风洗尘……"

"卧床?他生病了吗?"

"不是什么大问题,只不过是上了年纪,身体虚弱罢了。来来,快请进。"

老人伸手示意卓磨往过道里走。卓磨点点头,脱下了鞋子。

老人先是带领卓磨来到大厅。墙上挂着印有"涩川组"字样的灯笼,中间是一座巨大的神龛。横木上挂着好几张裱了框的老旧黑白照片,模糊的照片上是一个个身穿和服的男人,和服上印着家纹。

老人告诉卓磨这是涩川组历代帮主的照片,但卓磨对此并不是很感兴趣。在老人的带领下,卓磨穿过大厅,走上一条长长的走廊。

老人在过道尽头的房间前停下脚步,在拉门前跪下。

"帮主,卓磨少爷回家了。"

他重复了先前肥胖男人说过的话。尽管屋里的人没有回复,老人还是将拉门拉开十厘米左右,说了句"打扰了"。

他将门拉得更开,转头朝跪在地上的卓磨说:"请进。"

卓磨弯着腰进了屋。那是一间大小约为八叠[1]的日式房间。

正面的壁龛中挂着老虎的挂画,画前是一座巨大的佛龛。佛龛前是一床铺盖,里头躺着一位留着平头、发色花白的老人。

眼前的老人似乎就是伊之吉,但他的脸被被子遮住了,卓磨看不清楚。他似乎是病了,枕边还坐着一位身穿护士服的女人。女人向卓磨问了声好。

她的年纪在二十到二十五岁,脸颊像颗鸡蛋一样饱满,微微上翻的鼻子和大大的眼睛十分惹人怜爱。

就在卓磨不合时宜地盯着女人看得入神时,伊之吉突然坐起了身子。

那张脸让卓磨吓了一大跳。

满是皱纹的脸上挂着两道结了痂的丑陋刀疤。刀疤左右各一

---

[1] 叠:日本人在计算房间面积时的惯用单位,一叠指的是一块榻榻米(宽90厘米、长180厘米)的大小,约为1.62平方米。

条,从额头一路斜向延伸至下巴,像是整张脸被打上了一个大大的"叉"。

伊之吉用猛禽般的眼睛瞪着卓磨。

"蠢货!你踩到榻榻米的边了!"他用让大地为之战栗的声音怒吼道。

老人超乎想象的气势让卓磨浑身一震。他看向脚边——自己确实踩到了榻榻米的边缘。但这又有什么问题?他战战兢兢地挪开了脚。

"你傻站在那里干什么?"

"哎?"

卓磨莫名其妙地眨了眨眼睛。这时,那名酷似佛像的老人将一块坐垫铺在了铺盖边,让卓磨就座。

因为不想靠近伊之吉,卓磨便弯腰将坐垫拉到身前。

"蠢货!哪有人乱动已经铺好的坐垫的?!"

又是一声怒吼。蛮横的态度让卓磨火冒三丈,但要是现在撕破了脸,就别想和他提拆迁的事了。

卓磨强忍着怒火,坐到坐垫上。屋内的气氛剑拔弩张,身穿护士服的女人却看着卓磨,露出了微笑。

"难不成你是涩川先生的外孙?"

"是的。"

卓磨话音刚落，伊之吉就说了句"根本不是"。

"这蠢货怎么可能是老夫的外孙？"

"那……两位究竟是什么关系？"

"这货是老夫的女儿生下的小鬼。"

"果然就是您的外孙嘛。"

"这么说也是啦。"伊之吉布满皱纹的伤疤脸上露出微笑，"梨江啊，难得你特意过来，真是不好意思，不过接下来我们要聊些比较复杂的事……"

"我明白了。不过，您的身体还是营养不足，请一定要好好吃饭。光靠营养品和输液是恢复不了体力的。"

听名叫梨江的女人这么一说，伊之吉乖巧地低下了头。梨江用优雅的姿态离开了日式房间。就在卓磨看着她离去的背影时，脑后传来了伊之吉的声音。

"你这个小色鬼，眼睛往哪里看呢？！"

"为……为什么要发这么大的火？"

"连老夫为什么生气都搞不懂吗？这个榆木脑袋！"

"请告诉我原因。我真的不明白。"

伊之吉双手抱胸，叹了口气。

"你在房间里的举止一点规矩都没有。"

"规矩？"

"别问我。想知道的话，之后去问海老原吧。"

伊之吉朝酷似佛像的老人抬了抬下巴，接着又看向卓磨，问道："今天，你是过来干什么的？"

"干什么？我只是想亲眼见见……"

"亲眼见见？见谁啊？"

"那当然是来见——"卓磨一时语塞。管他叫伊之吉先生显得有点生分，但要是叫他外公，卓磨的内心又有所抗拒。我这个当外孙的都这么说了，还不够明显吗？犹豫了半天，卓磨最后说道："您了。"

"您什么您？被你这么一叫，搞得老夫心情都变差了。"

伊之吉皱起了满是伤疤的脸。

卓磨终于压抑不住怒气了。

"那您告诉我，我该怎么喊您？我可是您的外孙啊。"

"那又如何？你的母亲绫子早就和老夫断绝了父女关系，离开了帮派。所以，老夫跟你也没有半点关系。"

"帮主，话说到这个份上实在有些太……"

被称作海老原的老人插了话，伊之吉却无视他。

"你说你想亲眼见见老夫？你以为老夫会被这种天真的傻话给骗到吗？肯定是别有用心吧。"

"我明白了。"卓磨说道，"既然您都这么说了，那我就直奔正"

题了。"

他直截了当地告诉伊之吉，自己是来对拆迁一事进行交涉的。

卓磨本以为伊之吉会勃然大怒，谁知他竟对卓磨的话嗤之以鼻。

"经你这么一说，前些天确实有几个脑子不好使的房地产商找上门，说是要在这里盖一间观光酒店。"

"是的。"

"你干的是什么工作？倒卖土地的吗？"

"不，是金融方面的工作。"

"哼。原来是放高利贷的。"

"并……并不是。"

"少唬人了。看你这张吊儿郎当的脸，就知道干的肯定不是什么正经工作。"

被一语中的的卓磨内心开始动摇。伊之吉继续说道："老夫不管你是干哪一行的，涩川组的土地，我是不会给任何人的。听明白了就快滚吧。"

"您似乎有些误会了。这其实并不是什么坏事。我们会付给您尽可能多的拆迁费……"

"老夫都这把年纪了，你觉得金钱还诱惑得了老夫吗？老夫已经决定死后要埋在这里了。"

"帮派中的各位成员也和您一起居住在这里吗？"

"是啊。怎么了？"

"那不如把这里卖了，搬到环境更好一些的地方去……"

"这屋里只有海老原和豆藤两个人，而且也都上了年纪。现在搬家也没有意义了。"

豆藤应该就是刚才那个接待了自己的初老男人吧。卓磨没想到帮派成员只有两人，不过这对于拆迁来说反而是件好事。

卓磨探出身子，强硬地试图说服伊之吉："我是您唯一的外孙，对吧？从法律意义上来说，将来继承土地和房子的人也是我。"

"卑劣之人。与其让你继承家产，老夫宁可领养一群流氓当儿子！"

"我们今天才第一次见面，您就这么讨厌我吗？"

"涩川组从初代开始就世世代代保卫着这块土地，到老夫这一代已经是第六代了。只有能够独当一面的男人，才有资格继承这块土地。就算老夫死了，组织解散了，这点也绝不会改变。像你这样的半吊子，老夫半毛钱都不会分给你。"

"我也许确实只是个半吊子。但自从老妈去世之后，我可是一个人活到了今天。"

"哎呀，怎么，接下来要动用眼泪攻势了吗？真是恬不知耻！"

"随您怎么说吧。您就告诉我，要我怎么做，您才肯承认我是

干部的椅子和老家的拆迁　　035

一个能够独当一面的男人？"

"你说什么？！居然还在说这种傻话？"伊之吉语速飞快地怒吼道，然后陷入了片刻的沉思。

"既然你说到这份上，那就给老夫住在这里，修行礼数，学习规矩。"

"住在这里？我可不打算加入涩川组……"

"谁说要让你加入帮派了？只不过是叫你作为下人在这里修行罢了。"

"下人……"

"就是地位最低的小喽啰。只要你有意，今天就可以搬进来。"

"我做不到。我还得工作呢……"

"老夫可管不了那么多。"伊之吉冷漠地说道。卓磨叹了口气。

"这个礼数修行，要多久？"

"这要看你的态度。俗话说煮饭三年，擦地五年，但你这种不得要领的家伙，就算学十年，恐怕也不会有什么长进。"

"那也太慢了……酒店的施工等不了那么久啊。"

"不愿意的话就滚吧。老夫要睡了。"

伊之吉躺进铺盖，闭上双眼，摆出一副不打算再继续说下去的样子。

第一章

| 鸡肉丸扁炉 |

超便宜　超美味

当卓磨四肢着地，擦着地板的时候，他听见大厅传来了拍手的声音。

虽然现在还是早晨五点半，但伊之吉总是在这个时间就已经起床，来到神龛前祭拜。接着，他会在佛龛前祈祷、上香，把供奉在神龛的生米、水和盐换成新的，然后将煮好的饭作为佛饭和水一同供奉在佛前。这是他每天的习惯。

木地板走廊很长，一次擦不完。卓磨用手按着抹布，一路擦到尽头，接着原路返回。

他在塑料水桶中拧干抹布，用手背擦了擦额头的汗水。他已经擦了二十分钟的地，离完成却还很远。

今天他也是五点就起了床，用扫帚打扫了玄关一带和附近的道路，清理了路上的垃圾。之所以连附近的道路都得打扫，自然是因为伊之吉下了指示。

那之后，卓磨又用扫帚清理了房间，然后开始擦走廊的地板。

要是有戴森吸尘器或扫地机器人的话应该能轻松不少,但这里没有那样的东西。就算有,伊之吉大概也不会允许卓磨使用。

伊之吉对厕所的要求特别高,卓磨要是没把厕所擦到锃亮,他就会火冒三丈。伊之吉等人管厕所叫"便所"。

"打扫便所的时候偷工减料可是会遭天谴的。便所里是有神明的。"

这话听着像好几年前流行歌曲的歌词一样。

卓磨已经在涩川组进行了一周的礼数修行。

时至今日,他都搞不懂自己怎么会陷入这样的窘境中。当伊之吉要求卓磨住进来的时候,他心想,这交涉是不可能成功了。

然而,当他走出屋子打电话找荒柿商量的时候,对方却是这么回答的:"总之,你就先依他的意思住进去,软磨硬泡地劝劝他。如果还是不行,再想别的办法。"

他让卓磨在事情告一段落前把高利贷的工作交给下属去做。

"你听好了。你只是站在外孙的立场上劝他搬走,千万别告诉他你是烤串联合的人。"

卓磨一时不知道该如何回答。

"不必担心。"荒柿接着说,"听你这么说,我感觉你外公的神志已经不太清醒了。大概是上了年纪,头脑痴呆了。"

"我倒不觉得他痴呆了。他能注意到很细微的事,骂人的时候

鸡肉丸扁炉 039

口齿也很清晰……"

"就算外表看起来如此，人只要上了年纪，就一定会在某些方面变得笨拙。所以才会有那么多老人上当受骗啊。要是处理得好，别说是让他搬走，甚至连拆迁费，你都能全额收入囊中。"

"是这样吗……"

"礼数修行虽然很辛苦，但和蹲大牢比起来已经算是轻松的了。别忘了，干部的椅子在等着你呢。"

虽说卓磨从没进过监狱，但礼数修行肯定要比吃牢饭好得多。但话又说回来，犯人过的日子说不定都没有自己这么辛苦。

每天早上五点起床，先是得打扫附近一带，接着打扫室内。

"打扫"二字听上去轻巧，但因为屋子十分宽敞，其实也是个体力活。六点开始准备做饭，七点吃早饭，之后还得收拾、清洗餐具。

八点开始洗衣服、晒被子。到了十一点左右，又得开始准备做饭。

十二点吃午饭，接着收拾、清洗餐具。下午接待客人、干杂活。说是客人，也只不过是些邻里的老人而已。

"哎呀，已经好几十年没见到年轻面孔了。"

一个个见到卓磨都大惊小怪的，让他烦躁不已。

五点左右出门采购食材，六点吃晚饭，之后收拾、清洗完餐具,然后烧洗澡水。每天只有短暂的空闲时间可以抽根烟,其他时间几乎全都花在了做家务上。

不过,毕竟卓磨现在仍在修行阶段,因此并非所有事都是他一个人做。在伊之吉看不到的地方,帮派成员豆藤圭介也会帮忙干些活。

豆藤这个姓和他相扑选手一样的体形非常不搭。他今年六十五岁了,已经加入涩川组四十年了,却还只是个底层的帮派成员。卓磨原以为这是因为他无能,但豆藤后来告诉卓磨,在他进入帮派之后就再也没有新人加入。

涩川组的另一个成员是名叫海老原升的二当家,但因为成员只有两人,所以他也只是豆藤一人的上司。听说他今年八十二岁,是涩川组中资历最老的成员。

伊之吉今年已经八十四岁了,这里简直像个养老院。

海老原和豆藤似乎都认为卓磨是真心想要修行,教授了他许多东西。卓磨顺着他们的意开始学习,但这些礼仪规矩着实麻烦。

指导卓磨礼仪规矩的是海老原。他一讲解起来可谓是滔滔不绝。

比如坐下时的礼仪——行坐礼时,双膝分开约两个拳头的距离,低头的同时压低臀部。手的放置方式分两种,当迎接初次来访的客人时,要将拇指向前伸出,食指和中指着地,无名指和小拇指腾空。

"在这样的状态下鞠躬,将上身倾斜四十五度,注意视线不能从对方身上移开。"

"为什么不能将视线移开?"

"初次来访的客人有可能是敌人。为了在对方攻击的时候能立刻反击,跪坐时的礼节也是比较简单的。"

另一种坐礼则是对地位较高的客人使用的"合掌礼"。将整个手掌压在地上,用双手拇指和食指组成菱形,鞠躬时将鼻子放在菱形之中。

在此过程中不能与客人对视,说话的时候要微微抬头。在得到客人的允许之前必须保持这个姿势。

"三指着地是武士时代遗留下来的礼仪。当时和现在一样,也是用手指组成菱形,但要将双手拇指、无名指和小拇指按在地上,食指和中指腾空,将鼻子放在两指中间。"

海老原告诉卓磨,这么做是为了防备自上方而来的攻击,保护要害。

"就算是地位比自己高的人,也有可能是敌人。要是在行坐礼的时候被人踩住后脑勺就不好了,所以要用食指和中指制造一个缓冲区,保护鼻子。"

根据流派不同，光是行坐礼的方式就有将近十种，卓磨听了几乎快要晕倒。在室内行走的姿势和拉门的方法也烦琐得不行。

走路时首先得收紧下巴，挺直背脊，双手轻轻放在大腿边上，两脚平行前进，就像是中间夹着一条线一样。女性走路时必须夹紧双足，男性则需要在双足间留出约三指宽的距离。

此外，关于步幅，基本上来说，男性在走过一张竖向的榻榻米时需要用三步半，女性则是六步。走路时必须压低脚踝，像滑动一般前行，让人从背后看不见脚底。

来到门前时必须在走廊上跪坐——双膝着地，脚掌伸直，将臀部放在脚踝上。在这样的状态下呼唤屋里的人，将拉门拉开约一个拳头大小的缝隙。然后还得说一句"打扰了"，才能进屋。

进入房间时必须先把离入口较近的那只脚放进去，此处也有两种不同的做法。解除跪坐的姿势，暂时站起身进入屋内，然后再恢复跪坐的状态，关上拉门；或者保持跪坐的姿势"膝行"进屋——用膝盖慢慢蹭进去，然后关上拉门。相反地，用膝盖把身子挪出房间的做法被称为"膝退"。膝行用于进入摆有神龛、佛龛的房间，或是大小在四叠半以下的小房间。

在进屋和屋内行走的时候，必须注意不能踩到门槛和榻榻米的边缘，否则会导致其重心偏移，加速房屋老化。还有一种说法，认为门槛和榻榻米的边缘是一种将客人和主人的世界分隔开来的

鸡肉丸扁炉

结界，必须保持洁净。

除此之外还有其他很多种说法，但几乎都是迷信罢了。

"过去，人们会将家纹印在榻榻米的边缘上，踩在上面是一种非常失礼的行为。在更早之前，还有种说法是为了提防躲在地板下的恶人将刀刺进榻榻米的缝隙，所以才刻意不去踩踏榻榻米的边缘。"海老原如此说道。

卓磨这才明白伊之吉当时为什么会发火。

他还向海老原询问了不能挪动坐垫的原因。

"坐垫是主人为了接待客人而铺好的。客人要是动了坐垫，就代表不满意主人的接待。所以也不能用脚踩。"

"不就是一个坐垫吗？真麻烦啊。"

"现在情况已经好很多了。在过去，主人还得将坐垫折叠起来，等客人来了再将其铺开，用手展平。近来这个步骤已经被省略了。在客人的面前铺开坐垫有着拓宽人脉、开运祈福的寓意。"

"又是迷信啊。"

"倒也不能这么说。在面对敌人的时候，主人会在坐垫中藏毒、藏刀。主人当面展开坐垫，客人也就放心了。"

这方面的知识倒是很有种黑帮的感觉，但这么多规矩都要一一遵守，实在是太过刻板了。卓磨心想，涩川组肯定就是因为拘泥于这种小事才会衰败至此的。

·

听海老原说，涩川组诞生于明治时代中期，当时主要由一群以赌博为生的赌徒组成。帮派在巅峰期成员过百，名震全国。

但在进入昭和时代之后，伊之吉继承了涩川组帮主的位置，帮派便开始低调行事，尽量不去吸引警察和平民的目光。涩川组这之后主要开始从事土木业和运输业，不再沾染赌博。

然而，因为伊之吉不再从事非法行业，却还墨守成规，导致帮派收入和成员人数骤减，现在只靠着仅有的一些积蓄过日子。

如果干的都是正经工作，那根本没必要当黑帮。把帮派解散或是干脆转型成公司，都是一个很好的选择，但无奈伊之吉太不懂得变通了。

强制他人遵守毫无用处的礼仪规矩只是在浪费时间罢了。但如今，就算想劝他也为时已晚。

卓磨擦着地，频频叹息。

卓磨终于完成了清洁工作，开始准备早饭。

海老原和豆藤管厨房叫"伙房"，口音浓重的伊之吉则把伙房念成了"货房"。厨房中的厨具一应俱全，但有种昭和时代的怀旧氛围，让卓磨觉得确实应该称其为"伙房"。

一日三餐到点了就得去做。配菜和汤由豆藤准备，卓磨负责煮饭和洗碗。不过，卓磨仍在学习煮饭的技巧，豆藤会经常教导

鸡肉丸扁炉　045

他如何淘米和控制水量。

豆藤为涩川组打杂多年，做饭、洗衣和打扫起来驾轻就熟。唯一的缺点就是他这个人沉默寡言，想找他闲聊几句都很难，让卓磨觉得有些闲得慌。

"对……对不起。俺……俺不太会说话……"豆藤用沙哑的"胖子声"辩解道。

别看他体形壮硕，性格却十分温顺，与其说他是黑帮成员，倒不如说更像是个家庭护理工。

根据伊之吉的指示，每餐的人均伙食费必须控制在三百日元以内。因此，卓磨每天都只能吃些粗茶淡饭。就算帮派状况再怎么不济，三百日元也实在是太少了，能做出来怎样的菜也可想而知。

配菜只有一道烤鱼、煮菜或是土豆饼一类的廉价家常菜，剩下的就是米饭、味噌汤和腌菜。如果不吃米饭，就吃乌冬面或荞麦面。菜肴如此寒酸，还得严格讲究规矩，在伊之吉动筷之前谁都不能用餐。

用餐地点在一间十叠的日式起居室中，座位也有讲究。伊之吉坐在长方形餐桌的上座——寿星座，卓磨则坐在其对面。

虽然两人距离很远，但面朝着伊之吉，卓磨感觉饭都吃不下去了。起先，热腾腾的现煮米饭还让卓磨感到挺新鲜的，但餐餐都吃一样的东西,很快就腻味了。

"不能偶尔到外头去打包些食物,或是叫点外卖的盒饭来吃吗?快餐其实也很好吃啊。"

几天前,卓磨曾在晚饭的餐桌上如此提议道。伊之吉怒目圆睁地告诉他:"一个大男人,吃个饭别这么啰唆。餐桌上有什么就安安静静地吃什么。"

伊之吉胃口小,也没有晚酌的习惯,因此用餐时几乎没人说话,气氛十分凝重。

吃过晚饭,卓磨收拾、清洗完餐具,开始准备洗澡水。洗澡的先后顺序也得按照地位来,先是伊之吉、海老原、豆藤,然后才是自己。

老旧浴缸的表面铺着小片瓷砖。卓磨觉得瓷砖缝隙间全是老人身上的污垢,让他感到无比不快,所幸浴室中还有个莲蓬头可以冲澡。

洗完澡,打扫完浴室,卓磨才终于得以休息片刻。不过,伊之吉规定的就寝时间是十点,因此卓磨也没办法出外玩乐,只好在自己的房间中度过短暂的闲暇时光。

卓磨被安排住在一间四叠半的日式房间中,别说电脑了,里头甚至连台电视都没有。他本打算将自己的电脑从事务所带过来,但这屋子里连网络都连不上。此外,屋里也没有取暖器,晚上冷得让人睡不着觉。

无可奈何的卓磨只好躲在被窝里玩手机，直到睡意袭来。

这部手机不在他人名下，是卓磨自己的手机。网上的新闻全都是些悲惨的事件和名人的丑闻，论坛上充斥着诽谤和重伤的文字。这已经不是一天两天的事了。卓磨觉得当今社会实在是堕落不堪。

今后若是想要在这样的一个格差社会[1]中生存下去，就必须尽可能地多赚钱。然而自己现在却在这种地方修行礼数，一分钱都拿不到，实在是太蠢了。虽说在这里不需要花钱，也算是一种节约，但这样的生活一点乐趣都没有。

在这一周时间里，卓磨唯有在遇见饭田梨江的时候才感受到了一丝喜悦。

他曾若无其事地向豆藤问起过梨江的事。她今年二十四岁，是附近医院的一名护士，因为担心伊之吉的身体状况，不时来家中探望。

卓磨昨晚也在走廊上碰见了梨江。

"哎呀，是卓磨大哥。"梨江停下脚步，笑着向他搭话。

卓磨问她为什么知道自己的名字。

"我是听海老原先生说的。听说你加入涩川组了？"

---

[1] 格差社会：指民众之间形成严密的阶层之分，不同阶层间的经济、教育、社会地位差距巨大，且阶层固定不流动，民众极难改变自身社会地位的一种现象。

"不，我没有加入帮派，只不过是在这里修行……"

"不过，真是太好了。涩川组的成员全是老人，我还挺担心的。"

"虽说是老人，但他们毕竟也是黑帮啊。你就不害怕吗？"

"一点都不会。我从小就受到伊之吉先生……帮主很多照顾。"

梨江生在这个街区，老家是开杂货店的。

"护士特地跑到家里来，是因为帮主的身体出了问题吗？"

"倒也没那么严重，就是因为营养不良导致免疫力低下。前一段时间还得了感冒，好几天卧床不起。"

"营养不良？"

"嗯。缺乏能量和蛋白质。这在高龄人士中是很常见的。"

"帮主的食量确实很小。"

"请卓磨大哥也帮我劝劝他，让他多摄入些营养。"

明明只遇见过两次，梨江却对卓磨十分亲昵。

也许是因为太久没接触女人，卓磨竟一时害臊，什么话都没说就离开了。他无比期待着下次与她相见。

卓磨准备好早餐，将食物端进起居室。

伊之吉会在七点准时来到起居室。所有人都得在向他行过合手礼——将双手按在榻榻米上问好之后才能坐上餐桌。今早的配菜是烤鱼干，除此之外就只有司空见惯的味噌汤、腌菜和米饭。

鸡肉丸扁炉　　049

伊之吉、海老原和豆藤像是在执行着某种仪式似的一言不发地动着筷子。起居室中虽然有一台电视，但并未接上电源。因为擅自打开会被伊之吉责骂，卓磨只好在餐桌下看着手机。

"蠢货！吃饭的时候专心点！"

结果他马上就被伊之吉训斥了。

伊之吉只吃一小碗米饭，吃完也不再添。

卓磨自然要添饭才能吃饱，但若是碗里剩下了哪怕一粒米饭，伊之吉都会从餐桌的另一边探出身子，朝他怒吼："饭不吃干净是会遭天谴的！"

说起来，不知道是不是受到伊之吉的影响，卓磨的母亲生前也经常告诉他不珍惜食物就会遭天谴。厕所也好，剩饭也好，过去的人们还真是害怕遭天谴啊。

不过，卓磨的母亲年纪轻轻就因病去世，看来遭不遭天谴也没什么太大的区别。即便伊之吉每天跪拜在神龛和佛龛前，也只是在做无用功罢了。

如果修行礼数就意味着必须强迫自己接受过去人们的价值观，那年轻人肯定没办法坚持下去，帮派落魄至此也是可想而知的。

平淡无味的早餐过后，卓磨开始收拾餐具。就在这时，玄关方向传来了玻璃门被拉开的声音。

"有人吗？"

伊之吉听见男人的声音，朝玄关方向抬了抬下巴。

这是在叫卓磨去开门。会这么一大早就到家里来的，恐怕也只有邻里的老人和上门募捐的人吧。

然而，卓磨来到玄关之后，却见到了两个身穿黑西装的男人。

其中一人的眼神异常锐利，脸上有一道很深的伤疤。他个子高挑，年龄在三十五到四十岁。另一个男人看上去在二十七八岁，皮肤黝黑，嘴边长着细细的胡须。

两人看起来似乎都是道上的人，卓磨不禁有些紧张。

"有什么事吗？"他如此问道。

脸上带伤疤的男人解开西装外套的扣子，半弯着腰，左手置于膝上，伸出右手，掌心朝上。

"想必此处便是帮主宅邸。在下前来借宿，请容通名报姓。"男人用凶狠的声音说道。

伤疤男背后的胡须男也摆出了同样的姿势。

卓磨眨了眨眼睛。

"通……通名报姓？"

"若是帮主，请听在下道来。若是兄弟，请恕在下无礼。"伤疤男说道。

卓磨原以为对方在开玩笑，但男人的眼神非常认真。他注意到男人放在膝盖上的左手缺了小指[1]，吓了一跳。

这个男人果然是黑帮的。

正当卓磨支支吾吾地不知该如何作答时，伊之吉来到了玄关。

"给我滚一边去！"

卓磨被伊之吉推回了走廊。他因为在意事态的发展，原地跪坐了下来。

伊之吉在地板框上屈膝坐下。伤疤男保持先前的姿势，说道："想必您便是帮主。请听在下道来。"

"请远道而来的小哥先听在下道来。"伊之吉如此答道。

"万万不可。依见面礼的规矩，请帮主先听在下道来。"

"太阳东升而西落。请远道而来的小哥先听在下道来。"

"河水自高往低流。请帮主先听在下道来。"

简直像是在排练古装剧一样。这时，伊之吉行了一礼。

"恭敬不如从命，帮主涩川伊之吉洗耳恭听。"

"多谢帮主赏脸，请容在下通名报姓。若有礼数不周之处，还请通融。在下生在东京新宿，于花园神社初浴，在歌舞伎町的霓虹灯光中长大。因一时兴起，离家远行。"

不知何时，海老原和豆藤也来到玄关前，盯着伤疤男看。伊

---

1 在日本黑帮传统中，失败者会被切去小指，以示惩罚。

之吉将拳头按在地上,行着坐礼。

伤疤男继续说道:"请容在下高声自报家门。在下不才,乃樱田门一家柳刃组第四代帮主,姓柳刃,名龙一。如您所见,在下实属冒失之人,给旅行途中各位大哥大姐添过不少麻烦。烦请牢记在下不堪入目的面容,今后凡事还要承蒙帮主多加关照。"

"请多关照。"伊之吉说道。

自称柳刃的男人将手掌朝向胡须男。

"此乃舍弟火野丈治。"

接着轮到胡须男自报家门了。

"在下生在横滨元町,于本牧埠头初浴,以山下公园为玩乐之场,在伊势佐木町的夜雾中长大……"

这个男人也说了和柳刃类似的话。

之后,伊之吉对伤疤男说道:"两位着实礼数周全。请抬起手来。"

"请帮主先抬起手来。"

"那么,便一同抬手吧。"

听伊之吉这么说,两人端正了姿势,向其道谢,并鞠了一躬。伊之吉也低头示意。至此,奇妙的仪式终于结束。

那天傍晚,卓磨双手提着塑料袋,走在店铺林立的街道上。

袋子里装满了日本酒、烧酒和罐装啤酒——是伊之吉命令他到酒水店买的。

伊之吉平时不喝酒，因此他的这一举动让卓磨有些意外。他似乎是打算用酒招待今早来访的两个男人。

那之后，伊之吉把两人请进起居室，端上茶水。

"老夫已经好几十年没见到能把见面礼行得这么好的客人了。两位还这么年轻，可真是了不起啊。"

"不，多有不周，还请帮主海涵。原本还应带条手巾过来的……"柳刃说道。

名叫火野的男人一脸郑重地坐在他身边。

不知为什么，两人都将端上来的茶水用两口半喝完。

"嗯。"伊之吉赞赏道，"实在是礼数周全。看来这个国家还是有希望的。"

一下子手巾一下子礼数的，卓磨被搞得一头雾水。

海老原告诉他，在旅人脱去草鞋——拜访其他帮派时，按规矩是要带上一条手巾的。

"在行过见面礼后，旅人会在地板框上坐下，对主人说'容在下伸手入怀取物'，并将手巾递给他。还要说些'一点东西，不成敬意，还请收下'之类的话。"

"主人就算收到手巾也不会开心吧。"

"主人并不会真正使用这条手巾,而是在旅人离开帮派时归还给他。据说只要看到一个人的手巾,就能知道这个人的历练程度如何。"

"那个'伸手入怀'又是什么意思?"

"之所以要先说'容在下伸手入怀取物',是因为担心主人误会自己打算从怀中取出匕首。"

"原来如此。这跟刑侦剧中,犯人将手伸进外套口袋前事先声明自己并不是打算掏出手枪是一个意思啊。"

"两口半喝完一杯茶,意味着对帮主的服从。如果当晚发生了斗殴,客人就必须出手相助。"

"所以,那两人是要住在这里吗?"

"没错。他们好像是在找人……"

两人来到客厅后,卓磨便在伊之吉的催促下向他们打了招呼。柳刃和火野恭敬地对卓磨低下了头。

"二当家海老原先生告诉我们,您是帮主的外孙……"

柳刃如此说道,伊之吉却摇了摇头。

"这小子只不过是在这里修行礼数的。他还是个连左右都分不清的毛头小鬼,有什么事就尽管差他去做吧。"

真是多嘴。

柳刃和火野似乎打算在这里久住。在吃午饭时,两人都吃了两碗米饭。据海老原说，这也是一种礼节。因为光吃一碗的话，就和供奉在佛前的佛饭一样，不太吉利。

见面礼也好，其他规矩也好，一条条都烦琐至极，令人犯困。大概是因为过去的人闲着没事干，为了打发时间才发明了这么多麻烦的规矩吧。

卓磨回到涩川组，走进伙房，发现柳刃正在盯着厨具看。

豆藤站在他身后，露出为难的表情。

"这……这位客人说想要下厨……"

柳刃转头看向卓磨，伤疤脸上露出了微笑。

"非常抱歉，我可能有些多管闲事了。不过我俩暂时要承蒙各位关照，希望两位能允许我负责准备一日三餐，以表谢意。"

"三餐都由你准备吗？"卓磨问道。

柳刃点了点头。

"烹饪是我的兴趣。我已经得到帮主的许可了。"

"可是，你知道伙食费必须控制在每餐人均三百日元之内吗？"

"这我已经知道了。不过这里的调味料似乎不怎么多，所以我已经征得帮主同意，用另外的钱购买了。"

"那……那个，"豆藤说道，"如……如果有什么东西不够，就……就让我来买……"

"没关系的。豆藤先生，您就好好休息吧。"

听柳刃这么说，豆藤离开了伙房。卓磨本打算跟着他一起走，却被柳刃喊住了。

"卓磨先生，请你留在这里。"柳刃说道。

卓磨停下了脚步。

"我在这里只会碍手碍脚吧。反正晚饭是柳刃先生你要做的，不是吗？"

"是的。"

"哎呀，真是轻松了不少。那就都交给你了。"

"不，请卓磨先生留在这里协助我烹饪。"

"要我帮你吗？"

"对。不光是煮饭，做菜也是一样。"

"哎？"

"此外，帮主还让我对卓磨先生严加管教。非常抱歉，从今往后请允许我直呼名字。"

"直呼名字倒是没什么，但我很没用的，帮不上你什么忙。"

"那在你成为有用之人前，就给我好好学习。"柳刃面无表情地说道，语气和之前大不相同。

虽说得到了伊之吉的许可，但一上来就发号施令，也太不客气了吧。正当卓磨打算回嘴的时候，火野提着超市的塑料袋回来了。

火野一看到卓磨就露出微笑,以及洁白的牙齿。

"嗨,卓磨。我听说你要帮着做饭啊。"他用亲昵的口吻说道。

卓磨不禁"啧"了一声。

"你们两个到底怎么回事啊?我还没说要帮呢。"

"喂,你可当心点,别惹大哥生气啊。"

这两人到底是怎么回事?尽管卓磨从没听说过樱田门一家柳刃组这个帮派,但他们长成这副样子,怎么看都是黑帮,多半是不会有错的吧。

不过,卓磨好歹也是烤串联合会的成员。对方摆出这种轻蔑的态度,他没办法忍气吞声。卓磨深吸一口气,瞪着两人说道:"我反倒要奉劝你们两个,别太得意忘形,小心惹祸上身。"

"噢——"柳刃说道,朝卓磨的方向踏出一步。

"哎呀……"火野嘀咕道,露出为难的表情。

柳刃将脸凑近卓磨,说道:"同时制作多份餐点的时候,需要制作人之间步调一致。如果有问题,还是尽早解决为好。"

柳刃面不改色,全身上下却散发出了杀气。卓磨硬撑着没有后退,问道:"你……你这是什么意思?"

"你刚才说,让我们不要惹祸上身。这'祸'是个什么意思,我倒是想见识见识。"

话被说到这个份上,那就只有上了。卓磨一把抓起柳刃的衣领,另一手握成拳头。

拳头随时都会落到柳刃脸上,但他的表情没有一点变化。他缓缓将手伸向领口,握住卓磨的手,接着以迅雷不及掩耳之势将另一只手伸向卓磨腋下。回过神来时,卓磨发现自己已经被柳刃扭住胳膊,制伏在地。

柳刃抓着卓磨的肩膀将其拉起。

"如何?还想干架吗?"

卓磨默默摇了摇头。

柳刃刚才那番身手和按住自己肩膀的力道都非比寻常。虽然被迫认输让卓磨懊悔不已,但他安慰自己,这么做也是为了留在这里说服伊之吉接受拆迁。

柳刃转身开始准备做饭。火野再次朝卓磨露出笑容。

"你看,我跟你说了吧。别做无谓的抵抗了,好好加油吧。"

这么说完,他便离开了伙房。

塑料袋中装着白菜、鸡腿肉糜、粉丝、大蒜,还有胡椒、芝麻油和辣椒粉一类的调味料。卓磨看了眼收据,除调味料外,其他食材的合计金额不到一千八百日元。加上柳刃和火野,帮派里一共有六人,正好勉强满足一人三百日元的伙食费要求。

不过因为和柳刃起了冲突,时间已经五点半了。早上煮的饭还有剩,原计划是用剩余的食材做些小菜作罢。距离晚饭时间六点只剩下三十分钟了，在这么短的时间里他究竟能做出些什么？

柳刃用水壶和砂锅烧着开水，快而有力地将白菜切成大块。菜叶部分切得稍大，菜帮部分则切得较细。出神入化的刀工让卓磨看得入神。这时，柳刃吩咐他将放在橱柜里的干香菇泡发。

"泡发的意思就是浸泡在水里吗？"

"原本是应该放在冷水中浸泡一整晚的，但现在没那个闲工夫了。稍微清洗一下，放进一个小碗中，加水没过香菇，用微波炉加热三分钟。接着静置十五分钟，然后放入锅里。"

卓磨刚把洗好的香菇放进微波炉，柳刃又让他准备鸡肉丸。

柳刃将切好的白菜放进锅里，将大蒜磨成蓉，接着用沸水把粉丝泡开，动作如行云流水。

虽然卓磨从未做过鸡肉丸，不过他记得烹饪节目中提到过，得加入鸡蛋和淀粉。在他伸手从橱柜中拿取这两样东西时，柳刃却说了一句"不用"。

"不需要那些东西，只用鸡肉就行。"

卓磨心想，少了这两样东西是做不成肉丸的，但他还是老老实实地把鸡肉糜放进碗里，用手搓圆。柳刃立刻又制止了他。

"你在干什么？不用搓圆。"

柳刃双手各持一把大汤匙，用其中一把舀出鸡肉糜，另一把调整形状，然后放进锅里。

"懂了吧？剩下的交给你。"

卓磨接过汤匙，将鸡肉糜放入锅中。鸡肉糜浸泡在沸腾的热水中，立刻形成了丸子的形状。正如柳刃所说，完全不需要淀粉和鸡蛋。

柳刃将蒜蓉和粉丝加入锅中，淋上大约半勺芝麻油。接着他看了眼手表，把泡发的香菇连同香菇水倒进锅里。

伙房中弥漫着芝麻油和食材的香味。尽管什么调味料都没加，汤汁却呈现出金黄色，令人食指大动，口舌生津。卓磨还在好奇接下来要做些什么，没想到柳刃却关上瓦斯炉的火，盖上了锅盖。

"做好了。端过去。"

卓磨把碗筷摆上矮桌，将砂锅放在点了火的卡式炉上。柳刃拿来了一种名叫 Alpensalz 的岩盐、辣椒粉和黑胡椒粉，将这三样调味料分别倒在小碟中。

傍晚六点，所有人围坐在了矮桌前。

伊之吉带头，众人用啤酒碰了杯。许久未碰的啤酒格外沁人心脾。

柳刃揭开砂锅盖子，再次淋上芝麻油，用长筷子轻轻搅拌均匀。接着，他伸手示意大家看向装着岩盐和辣椒粉的小碟。

"这火锅中没有加入任何调味料。请各位在汤汁中加入岩盐享

鸡肉丸扁炉　061

用,用量请自行拿捏。辣椒粉和黑胡椒粉也是一样。"

火野拿起汤勺,麻利地将汤汁舀进众人碗里。接着他在碗中加入岩盐,舀入食材。结束之后,火野说道:"大概就是像这样。我少放了些盐,如果有需要,请各位自行添加。"

"老夫不客气了。"伊之吉双手合十,端起碗啜了口汤,立刻发出了赞叹的声音。

"真好喝。汤汁非常鲜美。"

满是伤疤的脸上绽开了微笑。

卓磨在双手合十后也喝了口汤,汤的味道让他大吃一惊。芝麻油的醇香、鸡肉糜的鲜美同白菜、香菇和大蒜的汤汁绝妙地交织在了一起。

唯一的缺点是咸味和辣味有些不够,于是他便往汤中添加了岩盐和辣椒粉。汤汁立刻变成了卓磨喜欢的味道,进一步激发了食欲。鸡肉丸由纯鸡肉制作而成,风味颇佳,一口咬下,清爽的汁液便在舌尖绽放开来。

菜叶部分已经开始变得略微黏稠,甜味柔和;菜帮部分则清脆爽口,水分十足。充分吸收了汤汁的粉丝顺滑无比,非常适合在吃鸡肉丸和白菜的空当来上一口。

中途卓磨试着加入了黑胡椒粉。他没想到黑胡椒和火锅居然这么搭。香辣的口感非常下酒。

平时不喝酒的伊之吉接连喝了好几杯啤酒,说道:"柳刃先生,这火锅真的非常美味,但老夫真怕会喝过头啊。"

伊之吉眼眶泛红地笑了。平日里负责伙食的豆藤对这道火锅的做法十分在意。

"这……这是什么火锅?"

"这道菜的原型是一种叫作扁炉的火锅。"柳刃接着说道,"扁炉是被一位名叫妹尾河童的舞台设计家在一篇散文中介绍之后出名的,不过据说它原本其实是中国南部广西壮族自治区的传统菜肴。正宗的扁炉除了白菜和粉丝,还会加入鸡腿肉和五花肉。不过,考虑到预算和食用时的方便,我选择把鸡腿肉做成了肉丸子。"

"做成丸子的话,就算像我一样牙口不好的人也能毫不费劲地咬开了。"海老原说道。

他平时和伊之吉一样食量很小,今天却连吃了好几碗。

柳刃继续说道:"鸡肉丸是用纯鸡腿肉做的,如果喜欢更清淡一点的口味,改用鸡胸肉也可以。制作的时候加入姜和葱,味道也会有所变化。"

"原来如此。不过,往火锅里加黑胡椒粉的做法还挺少见的啊。"

"正宗的扁炉其实是只加盐的。不过因为黑胡椒粉和咸味火锅很搭,所以我也加了进来。原本扁炉里也是不加大蒜的,但我觉得加入之后味道更浓郁,营养价值也更高。"

"家里全是老头子,偶尔也得吃点补身子的东西啊。"伊之吉说道。

锅里的食材越来越少,最后只剩下了汤汁。浓缩了食材精华的汤汁颜色变深,鲜美得令人欲罢不能。

正当卓磨打算舀汤时,柳刃说道:"接下来要做收尾菜[1]了。把饭和腌菜拿过来。"

卓磨去了趟伙房,将放在冰箱中的盒装腌萝卜、腌芥菜以及早上煮的米饭拿了过来。

柳刃把饭倒进砂锅中,稍微撒了点盐,用汤勺搅拌均匀。

"这个下次再用吧。"

柳刃把腌芥菜放到一旁,将腌萝卜装进盘中。

片刻过后,在砂锅中煮过的米饭变成了金黄色的粥。卓磨还来不及伸手,火野就已经为众人盛好了粥。

热腾腾的粥仿佛要把舌头给烫焦一般,必须吹凉之后才能放进嘴里。不过,这吸收了汤汁鲜味的粥堪称一绝,即便烫嘴,卓磨还是一口接一口地吃下了肚。腌萝卜冰凉爽口,作为配菜非常

---

[1] 收尾菜:指用餐时的最后一道餐点,多为碳水化合物丰富的主食。火锅的收尾菜一般用火锅剩余的汤汁制作而成。

合适。

"扁炉的粥配上另一种加了甜酒、甜味较强的腌萝卜也很不错。今天我只用了火锅的汤汁,如果加入打散的鸡蛋,做成杂烩粥也很好吃。"柳刃说道。

"哎呀,"伊之吉发出赞叹,"真是吃了个痛快。老夫好久没吃这么饱了,都有些撑了。"

"我也一不留神就吃多了。"

海老原身子后仰,抚摩着肚子,光秃秃的脑袋微微发红,半闭着眼,像是快要睡着了。

"您……您做的伙食实在是太美味了,俺……俺真的无地自容。"豆藤一脸尴尬地挠着脑袋。

柳刃摇了摇头。

"今天中午我吃到了豆藤先生准备的午饭,不愧是经验老到,味道无可挑剔。我平日里唯一的嗜好就是烹饪,只不过是懂得做些稀奇古怪的东西罢了。"

第二章

| 海苔鸡蛋卷和金针菇豆腐 |

早饭一口接一口

那天晚上，卓磨打扫完浴室，回到自己的房间后，接到了荒柿打来的电话。

"情况怎么样？还没说服那个老头子吗？"

"是的。总是找不到说话的机会……"卓磨低声应道。

"领袖开始不耐烦了，问你还要多久才能搞定。"

"非常抱歉。但前提是我的礼数必须得到他的认可……"

"没必要学得那么认真。那组里不是只有三个老头子吗？实在不行，就用武力逼他们就范。"

"我原本是这么打算的，但有两个奇怪的人突然住了进来……"

听卓磨说完柳刃和火野的事，荒柿"啧"了一声。

"他们说不定也看中了那块地皮。赶紧把这事给解决了。"

卓磨挂掉电话，重重叹了口气。

他也想早点解决这件事，但即便他现在去说服伊之吉，对方也不可能会同意。话虽如此，到底得等到什么时候才能说服他？

"只有能独当一面的男人，才有资格继承这块土地。"

伊之吉这么说过。独当一面的标准过于抽象，卓磨想努力也找不到方向。说白了，一切都看伊之吉的心情。

一会儿得学习礼数规矩，一会儿又得照顾老年人的感情，在这种事情上浪费时间实在是太不合理了。卓磨先前一直靠放贷高效地赚钱，现在突然被迫过上这种低效率的生活，让他痛苦难耐。

此外，柳刃和火野这两个来历不明的人还进来插了一脚，事态变得越发复杂了。这两人同伊之吉非亲非故，伊之吉却为两人准备了十叠的宽敞客房。

只要他们还住这里，今后自己的家务负担就会加重。洗澡的顺序也从第四变成了第六，卓磨连泡澡的心情都没了，只好淋浴作罢。

柳刃不光擅长打架和做饭，还很会说话，让卓磨恨得牙痒痒。他的小弟火野看起来也绝非等闲之辈。卓磨觉得，只要伊之吉还中意他们两人，自己就不应该随便反抗他们。

卓磨突然想到，或许可以试着和柳刃商量拆迁的事。如果柳刃肯一起说服伊之吉，他或许就会同意搬迁。可柳刃两人要是真如荒柿说的那样，也盯上了这块土地，那这无异于搬起石头砸自己的脚。

总之，就先帮着柳刃料理伙食，看看情况再说吧。

第二天早上，卓磨一如既往地在五点起床，打扫了附近的街道和屋子内部。

时间到了六点，卓磨前往伙房，发现柳刃已经站在换气扇下抽烟了。他系着一条不知从哪里找来的白色围裙，像个厨师一样。

柳刃看了眼卓磨，充满威严地朝卓磨说道："早上好。"

"早。"

卓磨微微低头示意。柳刃将烟头摁灭在水槽边的垃圾袋中。

"你这问的是什么好？"

"哎？"

"你跟帮主问好的时候也是这种态度吗？"

卓磨摇了摇头。

他向伊之吉问好时会跪坐下来，双手压地。但他心想，柳刃只不过是个客人，没必要做到那份上。

柳刃像是看透了他的心思一样，说道："我不是要你用同样的方式向我问好。我只不过是想告诉你，根据对方身份来决定问好方式的人，是成不了大器的。"

"这是什么意思？"卓磨如此问道，柳刃却无视了他的问题。

"今天原计划是要做些什么？"

"做什么？昨晚没去采购食材，所以……"

"算了，就用现成的食材随便做点东西吧。你去煮饭。"

在卓磨淘米的时候，柳刃一边打着蛋、切着葱，一边不时朝他的方向看去。

"不愧是豆藤先生教出来的，做法基本没错。"

尽管卓磨干得不情不愿的，但被夸奖了总归还是开心的。他心想，伊之吉虽然说过"煮饭三年，擦地五年"，但要花那么久时间的肯定都是些不得要领的家伙，自己这样的人肯定能在更短时间内就掌握诀窍。

饭开始煮了之后，柳刃告诉卓磨接下来该做味噌汤了。

"平时是怎么个做法？"

涩川组的味噌汤用的是混合味噌，汤底由海带和木鱼花熬煮而成，配料有嫩豆腐、裙带菜和葱。偶尔也会加入萝卜，不过基本上没什么变数。

最麻烦的是制作汤底的时候将海带放入水中煮制，在水沸腾前捞出。等水沸了就关火，稍微加点水调整温度。接着往锅里加入木鱼花，等水再次沸腾后关火。等木鱼花沉到锅底，再用厨房用纸过滤出汤汁。

柳刃听卓磨说完这一系列流程，问道："味噌和水的比例是多少？"

"是一比十。"

"海带和木鱼花为什么不能煮过头？"

"我听豆藤先生说,是因为会有杂味,影响味道。"

"知道就好。不过每天都吃一样的东西还是会腻啊。今天就换个做法,不用海带和木鱼花了。"

柳刃这么说着,把味噌加入水中融开。

为了不让水沸腾,瓦斯炉的火力被控制在小火。今早的味噌汤的配料也一样是豆腐、裙带菜和葱。柳刃先是把裙带菜放进没有汤底的味噌汤中,然后淋上少许甜料酒。

接着,他又往汤里撒入一些从冰箱中取出的柚子胡椒粉,然后关了火。

柳刃再次打开冰箱,取出瓶装的佃煮[1]海苔和金针菇。

"剩下的就是小菜了。你煎得好鸡蛋卷吗?"

"煎不好。"

"那这个交给你了。"

柳刃让卓磨把没有加入味噌汤中的豆腐按人数装进小碗中,用微波炉稍微加热一下。在卓磨加热豆腐的时候,柳刃则往打散的鸡蛋里加入蛋黄酱搅拌均匀,用方形平底锅开始煎蛋卷。

之所以加入蛋黄酱,似乎是为了让蛋卷的口感更加软嫩。

让卓磨感到意外的是,柳刃在将蛋液倒进锅中后,居然用长

---

1 佃煮:用酱油、白糖等炖煮过的鱼类、贝类、海藻类食物的统称。

筷子将佃煮海苔铺在蛋液上,和蛋一起卷了起来。

柳刃熟练地转动着手腕,煎出了一份巨大的鸡蛋卷,并将其置于盘中放凉。接着,他在装有豆腐的小碗中铺上大量金针菇。

最后,柳刃把鸡蛋卷切块,将重新加热过的味噌汤倒入碗中,撒上葱末和芝麻碎。卓磨原以为这样就大功告成了,没想到柳刃又在碗里撒上了面酥。

"还要放这种东西吗?"

"味噌汤要有点油脂味道才会好。当然,用炸豆腐或是五花肉片代替也行。"

今天的早餐并没有比平时多花多少钱。

话虽如此,食物却异常美味。最先令卓磨感到吃惊的就是味噌汤。或许是因为加了甜料酒,味噌汤的汤头变得醇厚而甘甜,柚子胡椒的辛辣让人精神振奋。

配料除了裙带菜和青葱外,还有香气扑鼻的芝麻碎和口感香脆的面酥,比平常喝的味噌汤更能激发人的食欲。

"明……明明俺用的也是同样的味噌,味……味道却完全比不上。"豆藤这么说道,向柳刃询问烹饪的秘诀。

"在味噌汤中加入甜料酒和酱油,可以让味道更有层次感。今早的味噌汤没有用海带和木鱼花熬汤底,所以我往里头加了柚子胡椒和芝麻碎。加入面酥则是为了让味噌汤增添口感和风味。"

铺上金针菇的豆腐用微波炉加热过，冬天的清晨来上这么一道小菜再合适不过了。柳刃用的瓶装金针菇是司空见惯的牌子，但和豆腐搭在一起吃给人一种高档的感觉。

"这道菜其实有些偷工减料了。原本应该做成打卤豆腐，味道会更好。或者加入萝卜泥，做成萝卜泥炖豆腐也不错。"柳刃说道。

海老原"哧溜"一下把小碗中的豆腐吃了个精光，说道："虽说不能一大早就喝酒，不过这道菜实在是太适合下酒了。"

伊之吉似乎最为中意鸡蛋卷，少有地添了第二碗饭。

"海苔的香味和甜味实在是让人无话可说。鸡蛋松软可口，好吃得不行。这味道吃了怕是会上瘾啊。"

确实如他所说，佃煮海苔和鸡蛋卷搭配起来出乎意料地美味。

一口咬下煎得松软的鸡蛋卷，浓郁的海苔香便扑鼻而来。佃煮经过这番处理，也比直接从瓶中舀出来吃更加美味。看样子是鸡蛋卷的温度激发了佃煮的香气和风味。

"这里用佃煮海青菜味道也不错。不过，佃煮放多了会有些腻人，关键在于适量。"柳刃说道。

火野默不作声地动着筷子，若无其事地环视着餐桌，观察大家的反应。

这两个人究竟有什么目的？卓磨的脑海中再度浮现出这个疑问。尽管他很钦佩柳刃的厨艺，但他总不可能是为了做菜才寄人篱下的吧。虽然海老原说他们是来找人的，但卓磨还是觉得相当可疑。

忽然，一股冲动涌上心头。卓磨想在这张餐桌上问出事情的真相。

"柳刃先生和火野先生是在找什么人呢？"

"蠢货！客人找谁与你何干？少管闲事！"伊之吉立刻朝卓磨怒吼道，但柳刃制止了他。

"我们在找一个外国人。"

"外国人？"

"对，是个背离了侠义之道的人。我只能说到这份上。"

"这一带有很多外国观光客，不知道和你们要找的人有没有……"

"闭嘴！"伊之吉再次怒吼道，"柳刃先生都说他只能说到这份上了，你是没听见吗？这个一无是处的半吊子！"

用过早饭之后，卓磨清洗了碗筷，开始洗衣服。

豆藤一如既往地想要帮忙，卓磨却果断地拒绝了。

"一无是处"，伊之吉说出口的这四个字让卓磨耿耿于怀。自己必须早日让那个倔强的老人承认自己的能力，说服他同意拆迁一事。为此,他打算主动做家务。

卓磨从洗衣机中取出衣物,装进衣篮中,来到套廊[1]。套廊的另一侧是个小院子,院子的角落是晾衣处。

卓磨单手拿着衣篮,踩着被磨秃的拖鞋,走进院子。

今早天气晴朗,空气清新怡人。然而一想到自己必须一件件地晾晒老人们的内衣,卓磨就感到苦闷不已。自己这副模样要是被下属桶谷和炭冈看到,一定会沦为两人的笑柄。

尽管卓磨想过偷偷把衣服拿到公共洗衣房,用投币式干衣机烘干,但这要是让伊之吉知道了,他一定会火冒三丈吧。就在卓磨怀着烦躁的心情晾完所有衣物后,身后传来了女人的声音。

"啊,原来你在这里啊。"

卓磨转过头,只见身穿护士服的饭田梨江站在套廊上。

羞涩让卓磨的脸颊瞬间涨得通红。他用运动服的下摆擦干湿漉漉的双手,向梨江打了声招呼。

梨江在套廊上坐下,大大的眼睛散发着光芒。

"大家的衣服都是你洗的吗?真勤快呀。"

"是啊。不过,这都是帮主让我做的,根本不是因为我勤快。"

"是吗?就算是这样,我还是觉得你很了不起呀。"

---

[1] **套廊**:日式建筑的特征之一,指房间外缘到庭院之间可供休息的缓冲空间,大多数都铺设在面向南方的地方。

"我还是第一次被人这么夸奖。"卓磨歪着脑袋说道。

梨江的嘴角浮现出微笑,两脚在空中晃来晃去。充满稚气的举动让卓磨不禁苦笑。

"现在还是你的工作时间吧?这样偷懒没问题吗?"

"我是为了查看伊之吉先生的情况才过来的。而且我们是私人医院,时间比较自由。"

"真羡慕你啊。我也想变得更自由一些。"

"卓磨大哥,你之前是做什么工作的?"

"不是什么光彩的工作。不过至少比黑帮要好。"

"我虽然不喜欢黑帮,但很喜欢涩川组。成员们都是好人,邻里也都很尊敬他们。卓磨先生也是因为这个才加入涩川组的吧?"

"不,并不是……"

就在卓磨不知该如何应答时,梨江改变了话题。

"对了,我听说这里来了位厨艺非常高超的客人?"

"他做的菜确实好吃,但我劝你还是别跟他扯上关系。"

"为什么?"

"那人不仅来历不明,还很可疑。"

"是这样啊。那……到底该怎么办才好呢?"

"怎么了?"

"伊之吉先生让我有空过来一起吃顿晚饭。"

"哎，那你什么时候过来？"卓磨下意识地高声问道，把梨江吓了一跳。

"可是，你刚才还让我不要和他扯上关系……"

"没事没事。"卓磨兴奋地说道，"有我在，没问题的。而且他做饭的时候，我也会帮他打下手。要过来的时候提前和我说一声，我们一定会准备超级美味的饭菜款待你的。"

"我明白了。那请把你的电话号码告诉我吧。"

卓磨连忙将空的衣篮放在套廊上，脱下室外拖鞋。事态的发展出乎意料，让卓磨的内心如同小鹿乱撞。他坐在梨江身边，把电话号码告诉了她。

就在这时，屋里传来了一声干咳，卓磨不禁浑身僵硬。

梨江站起身，说道："那等日期定了，我会再联系你的。"

她笑着朝卓磨挥了挥手。

她前脚刚走，火野就坏笑着探出头，朝套廊的方向看过来。

"嗨！不好意思，打扰到你们了。"

"倒也没有……"

"你还好吧？都这把年纪了还得修行礼数，肯定很累吧？"

"这把年纪？你跟我也差不了几岁吧。"

"你今年二十七了吧？我比你稍长几岁。不过我是在十八岁的时候进行礼数修行的。"

"你当时也像我一样吗？得学习礼仪规矩，还得做饭洗衣……"

"不是我自夸，我当时所在的帮派更大，修行礼数的时候要比你辛苦得多。在还不习惯的时候，光是接电话都能接得筋疲力尽。"

"接电话？"

"打电话过来的人一个个上来就是一句'是我'，都不带自报家门。但尽管如此，你也不能问对方'是哪位'，否则少不了一顿臭骂。必须第一声就听出对方是谁，再把电话转交给大哥或者帮主。"

涩川组至今仍用着一台过时的旋转式拨号电话，不过平时很少有人打来。偶尔接到的几通电话也都是推销电话。

"不过最近开始，"火野说道，"电话上好像都会显示对方的姓名和号码了，接电话也轻松了不少。不过就算是这样，一到总部开宴会的时候，管鞋也还是很辛苦。"

"管鞋指的是管理客人的鞋子吗？"

"嗯。开大型宴会的时候，会有几十个自己没见过的帮主和干部接连到场。客人们在玄关脱完鞋后就火急火燎地进了屋，等到要离开的时候，管鞋人就得提前把客人的鞋子准备好。"

"真是麻烦啊。让客人自己找鞋子不行吗？"

"你这态度可当不了管鞋人。鞋子全都收在鞋柜里，管鞋人一听到有谁要回家,就得马上从里面把那个人的鞋子找出来。"

"那难道要一双一双地记住鞋子的主人是谁吗?"

"对啊。客人们穿的都是锃亮的天价鞋子,根本分不清哪双是谁的。但也没办法,只能努力去记。要是搞错了,可不光是断根手指就能解决的事。"

"这效率也是差得没谱了。"

"黑帮的修行就是这样的。不过,我比较聪明,在客人进门的时候,就把他的特征写在纸上,放进鞋子里。"

"特征?"

"比如秃头啊,胖子啊,矮子啊,诸如此类。有一次我忘了把纸拿出来,差点吃不了兜着走,只能一个劲儿地装傻充愣,说自己什么都不知道。"

卓磨看着火野滑稽的表情,忍不住笑了出来。不过,他马上想起自己不该对他放松警惕,立刻收起了笑容。

第三章

超辣韩国火鸡和部队锅

辣椒素的惊人功效

临近十一月,这几天早晨的气温越来越低了。

现在是早上五点,外头一片漆黑。街道上寂静无声,只能偶尔听见送报员骑脚踏车的声音。

卓磨拿着扫帚打扫路面。他借着路灯的光,将垃圾扫进簸箕里。这是他每天早上必做之事。

有些人在这么早的时间就出门上班了,卓磨每天都能见到他们。一开始被看到时,卓磨还觉得羞愧不已,但现在他早已不以为意。有几个人甚至记住了卓磨的脸,还会向他打招呼。

不过毕竟时间尚早,这个时候路上还见不到上班族和白领的身影,路过的大都是些中老年蓝领男人和家庭主妇一类的人。净是些高利贷的目标人群,搞得卓磨在打招呼的时候有些难为情。

柳刃和火野已经在涩川组寄宿了六天。

两人声称是在寻找外国人,但也不知道他们说的是不是实话。

除了做饭的时间外,柳刃看上去都很闲,每天都在做俯卧撑、仰卧起坐和深蹲，专心致志地锻炼身体。

火野时不时会出门，回来的时候会向柳刃传达一些信息。如果他们也盯上了这块地，就不应该做出这样的举动。看来果然是在找人啊。

虽然卓磨对这两人一无所知，但柳刃说自己的兴趣爱好是烹饪，这一点毫无疑问是事实。

他一如往常地待在伙房，为大家制作美食。

最近几天让卓磨印象深刻的菜品有：

将焯过水的牛肉、酱油、甜料酒、清酒、砂糖和生姜一起炖煮，之后加入豆腐、魔芋和葱制作而成的炖豆腐。

在砂锅底部加入少量的酒，放上大量豆芽和猪五花，盖上盖蒸熟，就着柚子醋享用的优作锅。之所以叫作"优作锅"，据说是因为演员松田优作很喜欢这道菜。

将金枪鱼红肉、牛油果、泡过水的洋葱丝、酱油和蛋黄酱拌匀制作而成的金枪鱼沙拉。柳刃说，金枪鱼红肉和蛋黄酱拌在一起，就会有种在吃金枪鱼腩的感觉。卓磨吃过之后发现确实如此。

锅中下入黄油，将剁碎的鸡肉、洋葱末和米饭一同翻炒，用番茄酱和椒盐调味，最后加入豌豆粒制作而成的鸡肉炒饭。据说这道菜在过去是餐馆中的固定菜品，但如今几乎快要见不到了。

每道菜都非常美味，柳刃的厨艺让卓磨钦佩不已。但卓磨不明白的是柳刃为什么会对食物如此讲究。冰箱和橱柜日渐被柳刃采购来的调味料所填满。

无论有什么目的，像他这样寄居在全是老人的帮派中，还帮着制作一日三餐的黑帮简直是闻所未闻。

不过卓磨转念一想，自己原本也是高利贷从业者，为了说服伊之吉接受拆迁才任劳任怨地干着家务。他无法一口咬定世界上不存在柳刃这样的怪异黑帮。

关键问题在于，老人们的食欲越来越好了。不知从何时起，添饭已经成了常态，在晚餐的时候小酌几杯也成了习惯。

因此，伊之吉的脸色越来越红润，体重似乎也增长了一些。为了成功说服伊之吉，卓磨希望他能保持营养不良、重病缠身的状态，但都怪柳刃插手，伊之吉的身体变得越来越健康了。

海老原和豆藤的精神头也变好了。两人活动的频率明显提高，开始在院子里做体操，到附近散步了。老人们是活得越来越起劲了，卓磨却每天消耗着大量体力，感觉自己快被压垮了。

两天前，荒柿又打来电话，催促卓磨说服伊之吉。但眼下伊之吉根本不可能听他的话。昨天，卓磨的下属桶谷打电话抱怨道："店长，你快点回来吧。总部一点忙也不帮我们，炭冈又只能负责内勤，我一个人快撑不下去了。"

"我也想回去，但是没办法啊。"

桶谷似乎已经快不行了。卓磨不禁担心起了事务所的前景。

卓磨在打扫完附近的街道后又打扫了室内，接着在洗手间清洗了脸部和双手。

镜中的自己憔悴不堪，双眼疲惫无神。为了在追债时显得凶狠而理短的头发也已经长长，失去了原有的气势。

究竟到什么时候才能从这无尽的压力中解放出来？卓磨觉得再这么下去，自己或许能在绝望之中想出让拆迁成功的点子。

不过，也因为每天劳动，三餐吃得更香了，做起家务来也得心应手了。尽管既没有假期，也没有工资，但只要一闲下来，卓磨就会坐立不安。不过，最让他焦急不已的还是饭田梨江。

卓磨原以为自己对女人已经失去了兴趣，但不知怎的，只要一想起梨江的脸，便会心头一紧。也许是因为和老人住在一起，在男女关系方面变得迟钝了吧。

梨江在昨天打来了电话："明天下班后，不知道能不能到你们那儿吃顿晚饭……"

一听到这话，卓磨的内心就雀跃不已，让他不禁感到有些丢人。他二话不说地答应了，问梨江想吃什么。梨江思考了片刻过后，说道：

"嗯……我想吃辣的。"

"辣的？"

"对。不过，老人家可能吃不了辣的东西，所以还是算了吧。做些平常吃的菜就行了。"

至此，一切都还十分顺利。但就在挂断电话前，梨江又说道："啊，对了，请把这件事转告给伊之吉先生。"

"好。我会告诉他的。"卓磨轻率地答应了。

之后，他向伊之吉转达了这件事。

"梨江想什么时候来，老夫都不介意，但为什么是你来告诉老夫这件事？"

"是梨江让我转告您的……"

"别在老夫看不到的地方搞小动作！要是敢对梨江动歪主意，看老夫不打断你的腿。"伊之吉面目狰狞地怒吼道。

卓磨在早上六点来到伙房。

柳刃今早也先于卓磨来到了伙房，正在从冰箱中取出食材。卓磨向他打招呼，对方用低沉的声音回了句"早上好"。

卓磨一如往常地煮饭，准备味噌汤，协助柳刃制作配菜。柳刃将昨天从超市买来的两把韭菜用菜刀切成三厘米左右的段。接着，他按2∶1∶1的比例往小碗中倒入酱油、清酒和甜料酒。

卓磨在碗中打入四个鸡蛋，依惯例加入蛋黄酱，搅打均匀。

柳刃将半盒猪五花切成一口一块的大小,放进倒入了少许芝麻油的平底锅中。

没过多久,被煎得恰到好处的猪五花便开始出油,肉香四溢。这时,柳刃将韭菜的根部倒入锅中。卓磨询问其原因,柳刃答道:"韭菜根不容易熟,所以要提前下锅。"

韭菜根断生后,柳刃将叶片部分也加入锅中,用长筷子迅速翻炒。韭菜叶变色后,柳刃将小碗中的调味料倒入锅中,并加入一大勺蚝油,撒上胡椒粉。

伴随着"刺"的一声,蚝油独特的香味四散开来。这时,柳刃迅速地将碗中的鸡蛋倒进平底锅里。

他一边用长筷子将翻腾冒泡的鸡蛋翻拌均匀,一边说道:"倒入蛋液的时候要从温度较高的外部往内部倒,动作像是在画圆。翻炒的时候尽量让蛋液中混入空气,这样做出来的炒蛋才会松软可口。"

翻拌均匀后,柳刃关上火,将平底锅中的韭菜炒蛋装入盘中。整道菜呈现出鲜艳的黄绿色,香味令人食指大动。卓磨不禁咽了口口水。

柳刃注意到卓磨的反应,将韭菜炒蛋的碎块装进小碟中,递给卓磨:"试试味道。"

卓磨立刻用手抓起一块,吃进嘴里。他的脸上立马绽开了微笑。韭菜口感爽脆，鸡蛋外嫩内稠，猪五花散发着脂肪的焦香，蚝油浓郁醇厚。

在卓磨的印象中，韭菜炒蛋不过是一道普通炒菜，他从没觉得这道菜特别好吃。然而，眼前的这道韭菜炒蛋完全称得上是一道珍馐了。

"你们年轻人可能会更喜欢蘸着蛋黄酱吃。"

卓磨照柳刃说的，蘸上蛋黄酱尝了一口，确实非常美味。光这一道菜就可以吃下好几碗饭。据柳刃说，如果想要让味道再清淡点，不加猪五花也行。

"不过，这菜要是让我来做，鸡蛋一定会变得很硬。"

"那就先把鸡蛋炒好，装在碗或盘子里，之后再炒韭菜和猪肉。等调完味，最后再加入鸡蛋稍微翻炒几下就行。"

听柳刃这么说，卓磨跃跃欲试，想要亲手制作这道菜给梨江吃。不过，他更关心的还是今晚的菜肴。他问了柳刃，对方却默不作答。

"一位名叫饭田梨江的护士今晚要过来……"

"这我知道。"

"听说她想吃点辣的东西……"

"这我也知道。"柳刃冷漠地答道。

"你究竟是为了什么在这里修行？"

"倒也没有为了什么,帮主要我修行,我就照办了……"

"被人牵着走,是什么都学不会的。我劝你还是趁早金盆洗手吧。"

"你也没必要说到这份上吧……"卓磨嘟着嘴说道。

柳刃摆出一副事不关己的样子,说道:"差不多到饭点了,赶紧把菜端过去。"

当晚五点半,梨江来到了涩川组。

因为已经下班,梨江穿着风衣和牛仔裤,一身休闲的打扮让卓磨感到十分新鲜。然而他无暇打量梨江,早早来到了伙房。

约三十分钟前,卓磨依照柳刃的吩咐从超市买来了食材:鸡腿肉、低盐午餐肉罐头、粗磨香肠、辛拉面[1]两包、韩式年糕、木棉豆腐、金针菇、玉蕈、泡菜、纳豆、盐渍糠虾、乳酪片。

食材的量很大,卓磨原以为肯定要超过人均三百日元的限制。不过,他根据柳刃的指示,选了最便宜的鸡腿肉和粗磨香肠,勉强把开销控制在了预算内。

不过,关于柳刃想要做些什么,卓磨至今毫无头绪。

柳刃已经把水倒入砂锅中煮沸,又取了一个较大的平底锅,

---

1 辛拉面:韩国产的一款方便面。

加入芝麻油和大量蒜末翻炒。接着，他又把泡菜和苦椒酱倒入锅中继续炒制，并加入大量韩国产的红辣椒。

苦椒酱和红辣椒是提前买好的。

柳刃往红彤彤的平底锅中倒入少许芝麻油，继续翻炒。虽说梨江想吃辣的，但卓磨担心这会不会有些太辣了。

然而柳刃的表情非常认真，卓磨不敢插嘴。

卓磨依照柳刃的指示将鸡腿肉放入碗中，加入苦椒酱、蒜蓉、芝麻油、切成瓣状的洋葱块和大量红辣椒，搓揉均匀。这鸡腿肉看上去也辛辣无比，真搞不懂他到底想做什么菜。

卓磨继续听从柳刃的指示，从罐头中取出午餐肉，切成五毫米厚的薄片，将粗磨香肠斜切成片。

柳刃将炒好的泡菜和蒜末从平底锅转移至砂锅中，加入辛拉面的汤包和配料包。接着他往锅中加入少许盐渍糠虾，并将一个长条状袋子中的粉末撒进锅里。

"那是什么？"卓磨不由得感到好奇。

"大喜大牛肉粉，是一种浓缩了牛骨和蔬菜精华的韩国汤底料。"

柳刃接着把各种食材加入砂锅中——午餐肉、粗磨香肠、切成一口大小的木棉豆腐、金针菇、玉蕈和纳豆。

柳刃在中途试了试味道，又加入了少许苦椒酱、红辣椒和胡椒粉,然后把两包辛拉面的面饼放入砂锅中。接着,他取来另一个平底锅,加入芝麻油,开始翻炒腌渍过的鸡腿肉和韩式年糕。

"马上就好了。把这个端过去。"柳刃朝加入了大量食材的砂锅抬了抬下巴。

卓磨将卡式炉搬到起居室的餐桌上,点上火,把砂锅放在上面。

正在和伊之吉聊天的梨江发出欢呼声:"哇!这火锅看上去好好吃,是卓磨大哥你做的吗?"

"不,我只是在边上打下手而已……"

伊之吉看了眼砂锅,将伤痕累累的脸颊转向卓磨的方向,瞪了他一眼。

"这是啥玩意儿?怎么红彤彤的?该不会是你画蛇添足,煮坏了吧?"

卓磨耸了耸肩,转身回到伙房。

傍晚六点,晚饭时间到了。

包括梨江在内的七人碰了杯,将筷子伸向锅内。

卓磨先尝了尝低盐午餐肉和粗磨香肠。咸味适中的肉片甜辣可口,配上略带酸味的汤底非常美味。汤汁虽然红彤彤的,却不很辣。

拿市面上的咖喱包来打比方，也就是接近"微辣"，就算给老人吃也没问题。伊之吉、海老原和豆藤狼吞虎咽地品尝着火锅。

伊之吉啜着汤，咂巴着嘴说道："我还是第一次吃这种火锅。辣是辣，但辣椒带着一股甜味。"

"辣中带甜是韩国辣椒的特征。虽然也有辣度很高的韩国辣椒，不过这次我选了一种比较不辣的品种。"柳刃说道。

梨江向他询问这道火锅的名字，柳刃答道："写作'部队锅'，读作'budae-jjigae'。起源据说是朝鲜战争时期，韩国民众用驻韩美军投放的午餐肉和香肠制作的火锅。"

"因为是用美军部队投放的物资制作的，所以才叫'部队锅'啊。名字还挺有趣的。老夫在战后也曾经在黑市吃过些很奇怪的火锅。你说是吧，二当家？"

听伊之吉这么说，海老原点了点头。

"还真怀念当时用驻军的剩菜做成的黏稠炖菜啊。"

部队锅的汤底由泡菜和苦椒酱构成，但因为柳刃还加入了盐渍糠虾和大喜大牛肉粉，让汤汁有了一种复杂的鲜味。尤其是纳豆那股独特的气味和部队锅非常搭。据柳刃说，韩国人在吃部队锅时，会加入一种和纳豆类似的大豆酱。

"是一种叫清国酱的酱料，气味比日本的纳豆还要重。"

豆腐和部队锅搭调是理所当然的，毕竟在韩国有一种火锅就叫"豆腐锅"。金针菇和玉蕈在裹上一层红汤后,美味程度也翻了一倍。

梨江一脸陶醉地从汤碗中啜了一口汤,说道:"您果然像伊之吉先生……帮主说的一样,厨艺高超啊!请问您是在哪里进修的?"

"非要说的话,应该是自学吧。"

"今天真是非常抱歉。为了迎合我的任性要求,让您费心做了辣菜……"

"这部队锅其实并不算太辣吧。不过,这边这道菜可就不一样了,在品尝的时候请多加小心。"柳刃指向装有鸡肉、洋葱和年糕的盘子。

整道菜没有多余的水分,通红黏稠的酱汁包裹着所有食材。

"那就先让我来尝尝……"

梨江将鸡肉夹到小碟中,吃了一口,立刻睁大了双眼。

"这个真的好辣,感觉嘴里像是着火了一样。"梨江边说边用手掌往脸颊扇风。

柳刃微笑着说道:"因为这是火鸡啊。"

"火鸡?"

"韩语读作'buldak',直译过来就是火鸡。做法很简单,把鸡肉、洋葱和年糕在酱汁中腌渍过后炒熟就行。不过,这里头除了韩国产的辣椒,还用了非常辣的哈瓦那辣椒。"

"老夫也尝尝。"伊之吉说道。

豆藤将火鸡夹到小碟中,递给伊之吉。

海老原一脸担忧地问道:"帮主,真的没问题吗?"

"没事,老夫原本就喜欢吃辣,只不过是因为上了年纪才开始少吃的。"

伊之吉自信满满地回复,但鸡肉刚入口,他便涨红了脸,说不出话来。接着,他立刻拿起玻璃杯,将啤酒一饮而尽,并用手势示意海老原和豆藤也尝尝。

两位老人不解地歪着脖子,将筷子伸向火鸡。

海老原的脸一下子涨得通红,开始不停地咳嗽。豆藤被辣得直翻白眼,一口接一口地将啤酒灌下肚。

"怎么样?"伊之吉终于开了口,"很辣吧?老夫刚才也被吓了一跳。"

他红着脸,一边咳嗽,一边大笑。

火鸡虽然辛辣无比,但味道让人上瘾,明知道辣,还是忍不住要接着吃。食材充分吸收了苦椒酱、大蒜的味道,鸡肉和洋葱辣中带甜,口味浓郁。韩国年糕软糯而有嚼劲,更加凸显出整道菜的美味。

"我好像已经慢慢开始习惯这个辣度了,但不知道血压要不要紧啊。"海老原嘀咕道。

"蠢货!"伊之吉说着,夹起一块火鸡放进嘴里,"整天担心血压,还怎么吃饭啊?"

"俺……俺也陪您一起吃。"满脸是汗的豆藤也吃了一口火鸡。

梨江的脸上露出苦笑。

"辣的东西吃多了虽然对胃不好,但并不会影响血压哦。"

"噢——是这样吗?"海老原说道。

"辣椒中的辣椒素可以促进排汗,改善新陈代谢,增强免疫力。所以,减肥的时候也很适合吃辣呢。"

辛拉面的面饼在锅中煮成了半透明的状态。柳刃用手将乳酪片撕碎,撒在上面。乳酪立刻融化,裹在了面上。

"面可以吃了哦。"火野这么说着,将面夹到众人碗中。

裹着乳酪的面条热腾腾的,虽然煮了很长时间,却一点也不坨。每咬一口,乳酪的浓香便在嘴中散开,让人欲罢不能。

"这面好筋道,而且一点都不坨,完全不像是一般的方便面啊。"梨江说道。

柳刃点了点头。

"辛拉面就算用正常方式烹调也得煮五分钟,所以非常适合炖煮。市面上还有一种名叫'火锅面'的方便面,专门用于火锅。"

"话说回来,"伊之吉说道,"做出这样的火锅,人均伙食费还控制在了三百日元之内,你一定下了不少功夫吧。老夫出于戒奢的考虑,在帮派的伙食方面一切从简。谁知道现在反倒让客人为了三餐煞费苦心,着实令老夫过意不去。如有必要,略微超出预算一些也无妨。"

"请帮主不必担心。"柳刃说道,"感谢帮主的一番好意,不过还请允许我遵守这三百日元的伙食费限制。伙食并不是用来招待客人的餐点。只要有营养、味道好就足够了,三百日元完全够用。"

突然,不知何处传来一阵含混不清的呜咽声。

卓磨转头一看,发现是豆藤低着头,用拳头擦拭着眼角。

"怎么了?有那么辣吗?"伊之吉问道。

海老原笑了。

"不就是吃辣,至于哭吗?不是你自己说要陪帮主吃的吗?"

豆藤依旧垂着脑袋,摇了摇头。

"不……不是的。"

"什么不是?"

"像……像这样和大家一起吃饭,让……让俺想起了组里还热闹的时候……"豆藤吸着鼻子说道,五官集中的脸上挤满了皱纹。

海老原嘴角下垂,目光落在餐桌上。

"蠢货!"伊之吉怒吼道,"在客人面前别哭哭啼啼!"

第四章

咖喱无面肉汤和鸡蛋拌饭

宿醉的早晨吃更美味

今天起就是十一月了。

每月一日似乎是前任帮主的月忌日[1]，伊之吉在吃过早饭后，带着海老原和豆藤去扫墓了。地点在上野的谷中陵园，说是要到傍晚才会回家。

火野大概是为了找人，也出门了，家中只剩下卓磨和柳刃两人。因为伊之吉不在家，快到中午了柳刃都还没进伙房。

"今天我不做午饭了。要是饿的话，就随便吃点什么吧。"

"是啊，只剩我一个人，你大概也提不起劲做饭吧。"

卓磨一不留神就说了多余的话。

"这不是废话吗？"柳刃冷淡地回应道，"我之所以做饭，是因为寄人篱下，帮主有恩于我。只剩下你一个人的话，你自己煮个泡面吃就够了。"

---

1 月忌日：指与死者去世日期同日而不同月的日子。

不必准备午饭让卓磨感到轻松不少，悠闲地干起了家务。见今天天气不错，卓磨便把衣服给洗了。不过因为拖拖拉拉，一直到十一点才晒完衣服。

卓磨拿着衣篮来到套廊，看见柳刃正在院子里抽烟。见卓磨开始晾衣服，柳刃还是无动于衷，将烟灰掸进便携式烟灰缸中。

今天的早餐是火腿蛋、卷心菜丝、加了豆腐和豆干的味噌汤以及腌白菜。菜品和柳刃平时做的相比有些简朴，但这司空见惯的里脊火腿和煎蛋格外美味，大概是因为火候控制得好吧。

柳刃将火腿的一面煎好后翻面，打入鸡蛋，在蛋清快要凝固的时候盖上盖子，关火焖到蛋黄呈半熟状态，最后撒上盐和胡椒。

在餐桌上，伊之吉和海老原少有地争执了起来。

"别说了。煎蛋肯定得配酱油。"

"帮主说得没错，但这是火腿蛋，我认为还是应该配上伍斯特辣酱油风味更佳。"

"你说什么傻话？什么火腿蛋，这分明就是和食。"

卓磨晾晒着衣服，想起了母亲为自己做的火腿蛋。母亲做的火腿蛋，不是火腿烤焦了，就是蛋没煎熟。尽管如此，卓磨还是很喜欢将火腿蛋放在米饭上，淋上番茄酱和辣酱油吃。

在这个家中长大成人的母亲，小时候究竟过着怎样的生活呢？家中找不到任何母亲的影子。不过，有一个像伊之吉这样顽固的父亲，她一定吃了不少苦头吧。

作为帮主的女儿，她一定自幼就受到了严苛的教育，学习各种礼数规矩，被迫过上不同于普通女孩的生活。

卓磨看向柳刃，只见他抬头仰望蓝天，缓缓吐着烟。

卓磨停下手头的活，朝他问道："柳刃先生，你年轻的时候修行过吗？"

"修行过。"柳刃看着蓝天回答道。

"你当时不觉得烦吗？被迫做些不可理喻的事……"

"不让人厌烦就不叫修行了。"

"但修行的效率也太低了。煮饭三年，擦地五年。有才能的人根本不需要浪费那么多时间就能学好。掌握要点后就进入下一个阶段，这样效率才高。"

"才能确实很重要。每个人都有适合做和不适合做的事。"

"对吧？所以我就不明白为什么要修行……"

"如果只是一味追求答案，就算大脑记住了，身体也记不住。一般人若是没有过刻骨铭心的经历，是无法理解个中深意的。"

"刻骨铭心的经历？"

"让人在事后悔不当初的回忆。只有经历过那样的后悔，才不会犯下同样的错误。不过，干我们这行的，一次错误就足够致命了。"

"我还是觉得好辛苦啊。没有什么更简单的办法吗?"

"既想轻松又想赚钱,是吗?"

"是啊。谁不是这样的呢?"

"虽然我不是,不过我知道世界上有很多这样的人。"

"别装模作样了。我们一样是道上的人,说真的,你肯定也想要大赚一笔,轻松度日吧?"

卓磨原以为柳刃会发火,没想到他却面不改色地将烟头在便携式烟灰缸中摁灭。

"像这样理所当然地认为所有人都和自己一样,是一种不成熟的体现。就是因为这样,你才会羡慕他人,嫉妒他人。"

"确实如柳刃先生所说,我总是羡慕他人,嫉妒他人。因为我家是单亲家庭,家里还很穷……"

"那又如何?"

"所以我才想要大赚一笔,扬眉吐气。"

"既然如此,你又为什么要修行礼数?在这里你可是连一分钱都拿不到。"

"那是有原因的……"

总不能告诉柳刃自己是为了说服伊之吉搬迁才开始修行礼数的吧。

卓磨为了掩饰内心的动摇,叹了口气。

"不过话说回来，人难免一死，赚再多钱也毫无意义啊。早知如此，当初就不该来到这个世界上。"

柳刃忽然转头看向卓磨。

"别摆出一副看破红尘的样子。"

"又要教训我了吗？"

"我不是在教训你，这是事实。你刚才说，当初就不该来到这个世界上。这话是拿什么在作比较？"

"拿什么作比较？当然是有我和没有我的世界了。"

"如果存在着一个没有你的世界，那么那个世界中的你根本就无法认知到世界，根本就无法产生'我就不该来到这个世界'的想法。"

"这话倒是没错……"

"另一方面，在这个世界中，你已经出生了。事情已经发生了，即便你现在希望自己没被生下来，这个愿望也不可能实现。因此，你所期望的是一件不可能发生的事。"

"如果我自杀呢？人只要死了，一切就都归于虚无了。"

"我是不知道人死后会不会归于虚无，不过你刚才说，人难免一死，赚再多钱也没意义。也就是说，你认为与其死去，失去一切，还不如根本不要来到这个世界。既然如此，你为什么会想要自杀？这不是自相矛盾吗？"

卓磨一时语塞，但又立刻辩解道："那……那你告诉我，人是为了什么而活着？"

"你的命是你自己的，想死想活都随你。不过，如果你打算活下去的话，那答案只有一个……"

"答案是？"

"我刚才说了，不要一味地追求答案。自己好好想想吧。"

柳刃冷漠地转过了身子。

五点前，卓磨出门采购了晚餐的食材。

柳刃托他买的食材有猪肉糜、茄子、大葱、姜、大蒜和烧麦皮。他今晚似乎打算做一道以茄子为主体的菜。卓磨喜欢吃茄子，因此非常期待今天的晚餐。不过除此之外，卓磨在采购食材时还多了一份新的乐趣。

梨江在一家私人医院工作，基本只上日班，下午五点就能下班。因此在购物的空当，卓磨可以和给她打打电话、发发短信。

近来，卓磨已经养成了一到超市就迅速买完东西，之后一边同梨江聊天一边回家的习惯。因为担心被伊之吉知道，卓磨没有把他与梨江私下联络的事告诉任何人。

今天卓磨也在回家的路上给梨江打了电话。梨江在电话中用雀跃的声音问道："你刚去了超市吗？今天晚上吃什么呀？"

"不清楚。大概是炒茄子之类的菜吧。"

"真好啊。我也想吃。"

"那就过来啊。"

"今天就算了吧。前些天才刚去你们那儿吃过饭,而且我晚上还得学习。"

梨江正在为护理支援专员——所谓的 Care Manager 的认证考试而努力学习。虽然就算考上了,作为护士的工资也几乎不会有什么变化,但她说这么做是为了加深护理方面的知识。

这种想法和靠放高利贷赚得盆满钵满的卓磨完全相反,令他多少有些费解。梨江或许也和柳刃一样,对过时的修行传统持肯定态度。

卓磨这么想着,把和柳刃的谈话内容告诉了梨江。

"虽然我也觉得没必要故意去做效率低下的事,但柳刃先生说的'就算大脑记住了,身体也记不住'这点,我还是挺能理解的。"

"怎么说呢?"

"光靠书本上的知识是干不来护士这一行的。因为每位患者的情况都不尽相同。很多事得要接触到患者后才能发现。"

"是这样啊。当护士还真辛苦啊。"

"还好啦,毕竟这是我自己选择的道路。"

"自己选择的道路"几个字让卓磨感触颇深,毕竟高利贷这条路也是他自己选的。尽管他觉得自己没有自卑的必要，却依然感到有些消沉。

"你没事吧？怎么突然不说话了？"

"没事。我只是突然觉得自己真没用啊。"

"为什么？"

"我父母双亡，大学没读完就辍学了，还找不到工作。今年都二十七岁了，还在黑帮修行礼数，真是够惨的。"

"没有的事。现在开始努力也不晚啊。只要有心，没有什么事是做不到的。"

"我也许确实能做点什么，但反正绝对不会成功。现在这个时代，如果不是高学历、长得帅、家里有钱，根本就成功不了。"

"嗯，我最讨厌那种人了。"

"为什么？"

"因为他们从没吃过苦啊。从没受过挫折的人，是没办法理解他人的心情的。"

"你的想法还挺特别啊。"

"是吗？"

"我最近在网上看到了一个女性理想结婚对象的排行榜，第一名是公务员，第二名是医生。理想的年收入是五百万日元以上，年龄在二十到四十岁。"

"其实啊，像我这种出生在平民区的女孩子，找对象的时候是不会去看对方的收入和长相的。虽然这种想法可能有些过时了，不过我还是认为'男要勇，女要娇'。"

"'男要勇，女要娇'？"

"嗯。所以，我是会为男人的气魄所折服的。比如伊之吉先生这样的。"

"哎？你喜欢帮主那样的男人吗？"

卓磨刚问出口，就突然有人打来了电话。他看了眼屏幕，是荒柿。卓磨暗自在心中"啧"了一声。

"抱歉，我得接个电话。下次再聊。"

卓磨挂断梨江的电话，将荒柿的电话接了进来。电话那头立刻传来了荒柿振聋发聩的怒吼声。

"喂，你打算怎么负责啊？炭冈跑路了！"

"哎？！"

"今天总部联系我，说你们那边的营业额数据不正常。我派了个小弟到你们事务所去了一趟，没想到不仅找不到炭冈的人，金库里的钱也全都被卷走了。"

"怎么会……"

"就怪你让炭冈这种光说不做的人管账。我们这边会派人追踪炭冈，不过他卷走的钱得由你来还。"

"多……多少钱?"

"五百万日元,马上给我填上。"

卓磨停下脚步,塑料袋差点掉在地上。

荒柿接着说道:"你已经被免除店长一职了。那个叫桶谷还是啥的没用小鬼也被炒了。"

"那……我们的事务所……"

"交给其他人负责了。"

"这……请等等。"

"等不了。赶紧把钱给我填上,然后专心考虑拆迁的事。要是拆迁进展得顺利,我会考虑让你复职的。"

荒柿滔滔不绝地说完,不等卓磨回复,就挂断了电话。

卓磨立刻给炭冈打了电话,但可想而知,肯定联系不上。桶谷的电话也没人接。把这五百万日元交出去的话,自己辛苦积攒下来的一千万日元一下子就会缩水一半。

但荒柿的命令不得不从。如果不尽快还钱,自己也会有性命危险。

卓磨愕然地在傍晚的道路上迈开了步子。

他走的理应是每天都会走的路,但已经记不清自己是怎么回来的了。他还没从打击中缓过神来。

"太慢了。你干什么去了？！"

刚走进伙房，耳边就传来了柳刃的怒吼声。

伊之吉一行人和火野已经回家了，卓磨不得不抓紧时间准备晚饭。他强打精神帮柳刃打了下手，但做事的时候脑袋一片空白，完全无法思考。

卓磨中午没吃午饭，现在却一点食欲都没有。他好不容易才把麻婆茄子和烧卖端进了起居室。

"对不起，我今天身体不太舒服……"

卓磨刚说自己没胃口吃晚饭，就被伊之吉给吼了。

"有些人想吃饭都吃不到，你有饭吃还敢挑三拣四！就算是硬塞也得塞进嘴里！"

好在火野插了话："多余的饭菜我会负责吃光的。卓磨今天脸色确实不太好……"

幸亏有火野圆场，卓磨才不必勉强自己吃晚饭。

卓磨将余下的家务干完，用手机从自己的账户中汇出了五百万日元。那之后他什么事都不想做了，把自己关进了房间里。

失去五百万日元巨款对卓磨的打击比起被免除店长一职要大得多。金盆洗手、独立创业的梦想瞬间变得遥不可及。

这些钱是卓磨通过毫不留情的催债和对玩乐欲望的克制，平日里省吃俭用，一点一点积攒下来的。一想到一切都要从头开始，卓磨就感到头晕目眩。

卓磨的脑海中浮现出手里攥着五百万日元，放声大笑的炭冈的那张娃娃脸。虽说决定雇炭冈是自己的错，但荒柿把一切责任都推给他的行为还是让卓磨十分火大。

自己是为了说服伊之吉搬迁，被迫在这里修行礼数，因此才对事务所疏于管理。这种情况下，难道不应该对自己宽大处理吗？

卓磨清楚无论再怎么抱怨都无济于事，但这悲悔交加的思绪还是让他难以入眠。伊之吉规定的熄灯和就寝时间是晚上十点，但一直到了十二点，卓磨都毫无睡意。

卓磨打开吊灯内置的小夜灯，在铺盖中辗转反侧。突然，拉门被打开，火野走进了房间。他拿来了一瓶四合[1]的日本酒和一个玻璃杯。

火野在卓磨枕边盘腿坐下。

"麻婆茄子真好吃啊。你没吃到真的不后悔吗？"

"嗯……"卓磨躺着答道。

"我连你的那份也一起吃了，快撑死了。"

"对不起。"

"虽然我不知道发生了什么，但难过的时候，喝酒就对了。"

---

1 合：日本人在计算米和酒的分量时使用的单位，此处1合约为180毫升。

火野将日本酒和玻璃杯放在卓磨枕边。就在卓磨总算坐起身，拿起玻璃杯时，火野制止了他。

"等等。空腹喝酒不好，得先吃点东西才行。"

火野从衬衫胸口的口袋里取出烤鸡罐头，放在榻榻米上。卓磨低下头，说了句"劳你费心了"。火野打开罐头盖，用附赠的牙签叉起烤鸡。

"吃吧。虽然算不上什么好东西，但还挺下酒的。"

卓磨抿了一口玻璃杯中的日本酒，配上一块烤鸡。因为从中午开始就什么都没吃，加之心情还异常烦躁，冰凉的日本酒格外沁人心脾。

"为什么……"卓磨问道，"为什么要对我这么好？刚才在我被帮主训斥的时候，你也袒护了我……"

"你这问的是什么问题？干我们这行的，靠的就是道义和人情啊。"

"道义和人情？"

"没错。受人恩惠当铭记于心，滴水之恩当涌泉相报。善有善报，恶有恶报。"

"善有善报，恶有恶报……"

"哎呀，我也不过是带了点酒和烤鸡过来罢了，还扯什么滴水之恩涌泉相报，真是太丢脸了。三杯酒下肚，晚上睡得香。我就不打扰你了。"

火野挥了挥手，走出了房间。

第二天早上，卓磨一如往常地在早上五点醒来了。

多亏有了日本酒，卓磨才得以睡着。但因为一人独饮，喝得过头了，脑袋有些昏昏沉沉的。

打扫完附近的街道和家中，迟到的睡意忽然袭来。

胃和脑袋一样沉重不堪，没有食欲。光是想到要准备早饭就已经让卓磨感到非常辛苦了，更别提那五百万日元，一想到就让他郁闷不已。

卓磨来到了伙房，想要排遣烦闷的心情，发现柳刃已经拿着平底锅在做菜了。两人相互问候了一句，但柳刃并没有问起昨天发生的事。

平底锅中装有切碎的腌芥菜，锅中散发出芝麻油的香味。柳刃将红辣椒圈和辣椒粉加入锅中。

卓磨一边淘米，一边问柳刃今早做些什么。

"辣椒芥菜。"柳刃答道。

卓磨从前似乎吃过这道菜，但已经记不太清了。

柳刃继续说道："因为芥菜有些老了，味道变差了。"

说起来，这些芥菜好像在柳刃到涩川组来之前就已经放入冰箱了。

柳刃将做好的辣椒芥菜装入碗中，取来一个稍大的锅加入清水，放入一大把木鱼花。接着，他将大量大葱和牛腩边角料用菜刀剁碎。

随后，他用勺子撇去浮沫，将木鱼花滤出，往锅中加入酱油、少量砂糖和甜料酒调味，接着加入牛肉，仔细地用长筷子搅散。到了米饭煮好的时候，伙房早已充满了木鱼花和牛肉的香味，让卓磨稍微有了点食欲。

卓磨按柳刃的指示，按人数在小碗中打入鸡蛋。柳刃将牛肉汤倒入海碗中，撒上大葱碎和面酥。

"做好了。"

卓磨连忙把海碗端到起居室。

老人们一脸诧异地往海碗里看了看。乍一看像是碗肉片乌冬面，但里头却找不到一根面。

柳刃刚就座，伊之吉便急切地问道："这道菜叫什么名字？"

"无面肉汤。"柳刃说道。

"无面肉汤起源于大阪千日前的一家名叫'千岁'的店，最近作为大阪特色小吃在全国声名远扬。这道菜就是按照无面肉汤的做法稍加调整做成的。"

听柳刃说，"千岁"是家以牛肉乌冬面闻名的店，在艺人之间很受欢迎。某次一位宿醉的艺人在店里点了一份不加面的牛肉乌冬面,发现味道非常棒。就这么一传十,十传百,无面肉汤成了店里的招牌菜。

无面肉汤最流行的吃法是和鸡蛋拌饭一起吃,在网上也能找到这道菜的菜谱。

"就算是在浅草,只要是艺人常去的店,味道一定不会差。真是叫人期待啊。"

伊之吉这么说着,啜了口汤,立刻说了句"好喝"。

卓磨也把嘴靠到海碗边,刚尝一口,便舒了口气。酱油味的汤汁中融进了木鱼花和牛肉的精华,滋润了卓磨因为宿醉而干渴不已的喉咙。

口感爽脆带着点微甜的大葱,被炖得软嫩可口的牛肉,酥脆得让人感觉像是在吃天妇罗[1]似的面酥。

卓磨忘却了胃袋的沉重,大口喝着牛肉汤,吃着鸡蛋拌饭。虽然鸡蛋拌饭搭配酱油也很美味,但配上辣椒芥菜更是一绝。麻辣刺激的辣椒芥菜和香气扑鼻的芝麻碎相辅相成,光是这一道菜就非常下饭。

"辣椒芥菜配猪骨拉面也很不错。和鯥(mò)仔鱼一起炒制,

---

1 天妇罗:日本人对油炸食品的统称。

做成辣椒芥菜炒饭味道也很好。"柳刃如此说道。往无面肉汤中稍微加一点,又是另外一番美味。

柳刃在无面肉汤中撒上辣椒粉,将牛肉放在鸡蛋拌饭上就着吃。卓磨正想有样学样,火野却从伙房拿来了一罐咖喱粉。

"虽然可能不太正统,但我还挺喜欢加这个一起吃的。"他将一小勺咖喱粉倒入无面肉汤中。

咖喱的香味立刻扑鼻而来。其他人像是被那味道引诱了似的,将手伸向咖喱粉。咖喱粉和乌冬面是绝配,加在无面肉汤里,味道肯定也不会差。加入少许咖喱粉能让汤的辣度和香味得到很好的提升,令人食欲大增。

卓磨忽然想到,柳刃一定是看透了自己今天宿醉,才做了这样的早饭。他根本不记得自己买过牛腩边角料。然而,柳刃却只是一脸事不关己地吃着饭。

"咖喱无面肉汤,这道菜可就是起源于东京了。"海老原说道。

豆藤笑着点了点头。

"如……如果把这道菜作为当地特色,用……用来吸引观光客……"

"蠢货!说什么观光客?!搞清楚自己是干哪一行的!"伊之吉朝豆藤怒吼道,并往自己的海碗中加入了咖喱粉。

第五章

半夜的饭团

冰凉却暖心

黑暗的走廊中飘来线香的味道。

伊之吉在拉门的另一侧念念叨叨地诵着经。终于，法磬的声音响起，伊之吉走出了房间。对于这幅清晨的光景，卓磨已经司空见惯了。

卓磨在走廊擦完地，进入了房间。

在开始修行礼数的时候，海老原告诉卓磨，榻榻米也得用抹布擦干净。先把抹布拧干，双手着地一路擦到房间的边缘，接着一边用单手擦拭两旁，一边往后退。必须要仔细地擦，榻榻米和地板才会光洁如新，一尘不染。

起先，卓磨对这种每天都像在大扫除一样的生活感到十分厌烦。

不过，房间干净了，人的心情也会变好。他开始注意到之前被忽视的脏污，花在擦地上的时间越来越久。尽管卓磨原本认为擦地是件效率低下的事，但或许擦地对于养成打扫的习惯来说还是很有效的。

正当卓磨擦完地准备离开房间时,他注意到线香的灰落在了佛龛上。佛龛必须保持干燥,因此卓磨用干抹布进行了清扫。

就在卓磨用抹布擦拭着佛龛时,他注意到一件奇怪的事。这座佛龛很大,里头摆着好几块古旧的牌位,但唯有一块牌位看上去很新。

死者的法名用乱糟糟的草书写成,卓磨看不太懂。不过最后两个字似乎是"信女",看样子是名女性的牌位。

这难不成是母亲的牌位?

想到这里,卓磨诚惶诚恐地伸出了手。这时,身后传来拉门被打开的声音。卓磨转过头,看见站在门边的伊之吉,吓了一跳。

"那块牌位祭的不是你所想的那个人。别偷懒了,赶紧去打扫!"

果然是自己多虑了。

伊之吉连卓磨的母亲——他自己女儿的葬礼都没参加,不能指望在这种男人身上看到正常的人类情感。

伊之吉果然只是个冷血的黑帮。自己这个外孙一直在地下钱庄干着肮脏的工作,论冷血应该也不会输于他。

距离卓磨被免除地下钱庄店长一事,已经过去了八天。

卓磨还没从失去五百万日元巨款的打击中恢复过来。他努力试着不去想那件事,却做不到。不能让这五百万日元白白打水漂!

他必须抓住这个机会，将危机化为转机。

刚进烤串联合会没多久时，卓磨在一次集会上听了鲛冢的演讲。

"在现在这个社会上，金钱就是力量。掌握了金钱，就掌握了时代的动向。就连人心都能用钱买到，钱买不到的都是些毫无意义的东西。这世界上就只有两类人——操纵金钱的人和被金钱操纵的人。"

鲛冢直接而不加修饰的话语令卓磨感动。

"只有蠢货才会为了一点点的工资累得满头大汗。脚踏实地地努力工作就能有所回报的时代早结束了。没钱的人就要学会转动脑子。没脑子的人就要学会使用暴力。人生苦短，没那个时间让你慢吞吞地往上爬。接受自己的欲望，一口气冲上人生的巅峰吧！"

听了领袖的演讲，卓磨心想，对于既没学历又没资金的自己来说，想要发家致富，就只剩下放高利贷这一条路了。因此，卓磨才牺牲了一切，开始存钱，从零开始一点一滴地积累业绩，终于当上了店长。如果这次的任务成功了，就能直接坐上烤串联合会干部的位子。没想到自己却在这个节骨眼狠狠地摔了一跤。

卓磨再次下定了决心。事已至此，无论用多肮脏的手段，都一定要说服伊之吉接受拆迁。问题在于，该用怎样的肮脏手段。

强拆靠的无非是卡车撞击、泼洒污物和纵火一类的手段。

前提是强拆的对象是店铺或公司。涩川组只能算是一间民房。就算卡车开进家里，也不会影响到营业工作。到处泼洒污物，最后还是得自己打扫。

涩川组的房子是木质结构的，纵火应该是最有效的方法，但是风险太大了。要是不小心把谁给烧死，进了监狱，没个好几十年铁定出不来。

如此一来，就只能想些更为稳妥的办法了。最为安全而切实的办法就是说服伊之吉答应搬迁，但这也是难度最高的办法。只要自己手上没有伊之吉的把柄，再怎么提拆迁的事都会被一口回绝。

真希望伊之吉能突然示弱，说出这样的话："我们年纪也大了，是时候搬出这里，到养老院安度晚年了。"

不过这也只是在痴人说梦罢了。这种事发生的概率大概比中年末彩票大奖的概率还低吧。

卓磨思前想后，开始思考能否利用柳刃二人做点文章。

如果柳刃二人也盯上了这块土地，那就不妙了。但卓磨和他们相处至今，认为这种可能性几乎没有。他对两人的印象比起一开始好了不少。

柳刃厨艺高超，火野常会若无其事地关怀自己。不过，他们说到底还是黑帮,到了关键时刻,一定会露出阴险狠毒的真面目。

是否应该将拆迁的事情告诉他们,拜托他们去说服伊之吉呢?

火野是柳刃的小弟,要谈也应该先去找柳刃谈。

卓磨打扫完屋子内外,来到伙房,打算伺机与柳刃商量拆迁一事。

今早的伙食是盐烤秋刀鱼佐萝卜泥和酸橘、点缀着鲥仔鱼和海苔碎的凉拌豆腐、凉拌菠菜,还有加入了滑菇和裙带菜的味噌汤。

虽然菜品和豆藤掌厨时十分相似,但柳刃的知识储备要更胜豆藤一筹。买鱼的时候要挑眼睛又黑又漂亮的,青色鱼在撒上盐后最好等一段时间再烤,背鳍上的盐变成浅褐色就说明烤好了,诸如此类。

今天的配菜中十分罕见地少了腌菜。卓磨询问柳刃原因,他答道:"有些研究认为秋刀鱼和腌菜一起吃,会产生一种名为'亚硝胺'的致癌物质。虽然实际上似乎没什么影响,但要是吃的人心存疑虑,菜的味道也会变差。"

不愧是柳刃,连食材搭配都考虑得如此周全。不过,风烛残年的老人们大概也不会在乎这些事吧。卓磨反倒希望柳刃能做些让伊之吉卧床不起的菜肴。

吃过早饭后，柳刃到院子里抽烟去了。

卓磨早早收拾好餐具，来到套廊，朝院子里看去。柳刃还是一如既往地抬头望天，嘴里吐着烟。

"那个，我有些事想和你商量……"

柳刃头也不回地问道："什么事？"

"其实，我正在和帮主交涉关于拆迁的事……"

"我知道。"

柳刃云淡风轻地说道，卓磨一听顿时泄了气。

"到底是谁告诉你的？"

"帮主。"柳刃说着，在便携式烟灰缸中摁灭烟头。

"前几天我问你为什么要在这里修行礼数的时候，你随便搪塞了过去，但我一眼就看穿了你的谎话。"

"对不起。那时候我真的不方便把原因说出口……"

"拆迁是你的意愿，还是谁的命令？"

"这……这有什么关系呢？我只是需要钱而已。"

"为什么你这么需要钱？"

"为了生存下去啊。在这个堕落的社会中，只有钱是可以依靠的。"

"这个社会是怎么个堕落法？"

"政治家钩心斗角，贪赃枉法。公司领导的脑子里只有钱，把底层员工看作自己的奴隶。"

"换作是你,也会做出一样的事吧。"

"这个……我没在那种位置上待过,说不准。"

"批判自己都不能保证不做的事,这不叫正义,只不过是嫉妒罢了。就因为其他人都行恶,所以你也要做坏事吗?"

"不是的……"

"现在这个时代,信息无处不在。但信息只有在被利用起来后,才能体现出其价值。你就是把信息当作自己懒惰的借口了吧?这个世界如此不堪,所以根本没必要严于律己,对吧?"

"嗯,我可能确实有这样的想法……"

"不要光凭着从电视和网络上得到的一知半解的信息来判断这个世界。无论什么信息,其中都带着发出者的个人倾向。"

"个人倾向?"

"信息会因为发出者的思想不同而有所偏差。换句话说,一切信息都是受人操纵的。别被这些信息蒙骗了,好好看清自己身边发生着什么。唯有亲眼所见之事,才是真相。"

"我所看到的只有干不完的杂活。我担心再这样下去,自己的未来就毁了。追求金钱有错吗?"

"并没有错,但这栋房子是属于帮主的。别惦记他人的财产。"

"他人的财产?但帮主是我的外公啊。我难道没有继承他财产的权利吗?"

"就算有，那又如何？"

"帮主说，因为我现在还是个半吊子，所以不会让我继承遗产。但我又不知道得等到什么时候，他才肯承认我能独当一面……"

"你若是一直这副样子，永远都不可能成为一个独当一面的人。"

"为什么？他吩咐我的事，我都认真去做了……"

"光是听从他人的指示办事，就能成为一个独当一面的人吗？"

"可是，是帮主让我在这里修行礼数的啊，所以我才从早到晚地做饭、洗衣、打扫。我都做到这个份上了，到底还有哪里做得不够好？"

"你想跟我商量的就只有那件事吗？"

"不，我还没说完。如果可以的话，我希望柳刃先生能帮我……"

"你想让我帮你说服帮主吗？"

"对。当然了，我不会叫你免费帮这个忙。如果拆迁顺利的话……"

"停一下。"柳刃用尖锐的声音说道，转过了身。

"在你看来，我是那样的人吗？"

"哎？"

"你觉得我是个会被金钱驱使的人吗？"

柳刃的表情毫无变化，眼神却寒气逼人。

卓磨被这异样的氛围吓了一跳。

"不是的……我只是想找你商量商量而已。"

"别再提起这件事了。下次我决不轻饶你。"

那之后一直到下午，卓磨都感到烦躁不已。

午饭是将水煮蛋捣碎后加入蛋黄酱搅拌均匀，然后用涂满黄油和黄芥末酱的面包夹起来制作而成的鸡蛋三明治，配上焗烤洋葱汤。两道菜的味道都很棒，但卓磨吃得索然无味。

就算再怎么走投无路，也不应该去找柳刃商量。看他那样子，别说是帮忙，甚至可能还会妨碍自己。柳刃大概已经把这件事告诉了火野，火野开始躲着卓磨，避开他的目光。

伊之吉还是老样子。但一想到他把拆迁的事告诉了柳刃，卓磨就很不高兴。

他当时肯定是在向柳刃抱怨自己吧。比起自己的亲外孙，他居然宁可相信一个外人，实在是太差劲了。

卓磨强忍着想要破罐子破摔的愤恨心情，继续干着家务。

这时，他突然想起了柳刃说过的话："光是听从他人的指示办事，就能成为一个独当一面的人吗？"

光是完成这些指示就已经够累的了，到底还要做什么才行？柳刃总是装模作样，不把答案告诉自己。和他商量拆迁的事，他居然还发火，说什么下次决不轻饶。

卓磨越想越烦躁,产生了想要放弃的冲动。但就算再怎么着急,也解决不了眼前的问题。

傍晚时分,卓磨前往超市采购,心情总算平复了几分。尽管天空乌云密布,感觉随时都要下雨了,但是出来走走,让卓磨觉得放松了不少。

时间刚过五点。想到马上就能和梨江通电话,卓磨的内心雀跃不已。因为白白丢了五百万日元,卓磨这几天很是消沉,都没怎么和她说过话。

买完东西,卓磨给梨江打了电话。对方说自己现在刚出医院。

"我现在在超市,你要过来吗?"

卓磨忽然想要见上梨江一面,便如此邀请了她。梨江爽快地答应了。很快,两人就在超市前碰了头,一起走在了日渐西沉的街道上。

梨江今天也是风衣配牛仔裤,素面朝天。光是和她走在一起,就让卓磨心跳加速。梨江转过头,将胖乎乎的脸蛋朝向卓磨。

"感觉你最近没什么精神啊。"

"是吗?"

"嗯。电话里的声音也很阴沉。"

卓磨自然不能把五百万日元的事告诉梨江,也不想告诉她自己在地下钱庄工作过。梨江对伊之吉心怀恋慕,因此拆迁的事卓磨也不希望她知道。思来想去，卓磨只好说："在人际交往方面出了些问题。"

"人际交往？"梨江不解地歪着脑袋，"你和伊之吉先生吵架了吗？"

"不，虽然还是整天被他骂，不过这是常有的事了。"

"太好了。最近我都没怎么去看他，还挺担心他的。"

"那个老头子精神得很呢。"

"那是和柳刃先生他们发生了什么摩擦吗？"

"何止是摩擦，应该说是思考方式的差异吧。"

"我觉得柳刃先生和火野先生都是好人啊。"

"是吗？虽说他们对你很好，可对待我的时候，态度可是相当冷淡啊。"

"冷淡也不能说明他们是坏人啊。我觉得坏人是做不出那么美味的饭菜的。"

"有空再来家里吃晚饭吧。"

"好。不过前几天才刚承蒙大家的款待，我总觉得有些不好意思。"

"没事啦。你来的话，帮主也会开心的。"

两人有一搭没一搭地聊着，时间很快就过去了。

卓磨猛地一看手机，发现已经五点半了。他连忙向梨江道别，急匆匆地赶回涩川组，提着塑料袋冲进伙房。

"抱歉，我回来晚了。"卓磨鞠了一躬，说道。

柳刃和火野都在伙房里，正手忙脚乱地制作着些什么。

似乎是因为卓磨回来得太晚，两人等不及，已经开始做饭了。尴尬的场面让卓磨紧张不已，嘴里不断重复着道歉的话语。

终于，柳刃转过了头。

"买来的东西放在那里就好。还有，今天的晚饭不用你帮忙了。"

"哎？可是……"

"火野会帮我。你出去，别碍事。"

"回来晚了，我真的很抱歉。请让我帮忙吧。"

"用这种敷衍了事的态度来帮忙，食物的味道会变差的。今晚的晚饭不用你帮忙了。不过你的饭就自己去做吧。"

柳刃背对着卓磨开始做菜。火野也看都不看卓磨一眼。卓磨在原地呆站了片刻，觉得实在是无地自容，只好出了伙房。

卓磨烦躁地朝自己的房间走去，却不巧在过道撞见了伊之吉。

卓磨朝伊之吉行了一礼，打算从他身边穿过，可伊之吉却停下了脚步。

"你在这里干什么？不用去准备晚饭吗？"

"柳刃先生说今晚不需要我帮忙。"

"你这个没骨气的家伙！要是连柳刃先生都放弃你，你就彻底没救了。还不快去向他道歉，求他让你帮忙！"

"我道过歉了……"

"你这说的什么话?果然是个没有指望的人。"

"为什么这么说?请把理由告诉我。"

"什么事都要逐一过问理由的人,去哪里都成不了气候。修行礼数只不过是在浪费时间罢了。你还是趁早放弃吧!"

迄今为止,无论再怎么被伊之吉训斥,卓磨都忍了下来,但他终于还是受不了了。

卓磨深吸了一口气,说道:"我明白了。那我走了。"

"对,赶紧走吧。别再让老夫看见你了。"

卓磨大步流星地走进自己的房间,将个人物品装进波士顿包中。尽管他知道自己必须冷静下来,但脑袋热得像是着火了似的,什么都思考不了。他隐约希望能有人来阻止他。

然而,即便在玄关穿好了鞋子,都没有人过来找他。真是一群无情之人啊!卓磨越发感到怒火中烧。

卓磨用力关上玻璃门,离开了涩川组。

时间刚过六点,天色却已经彻底暗了下来。

空中笼罩着密集的云层,月亮和星星都不见踪影。

卓磨提着波士顿包,走在灯红酒绿的街道上。虽说一时赌气冲了出来,但他早已无家可归了。不能回到之前居住的事务所,只好找个地方先住一晚了。

最大的问题在于,自己离开了涩川组,拆迁工作就进行不下去了。

他本应向荒柿汇报这一情况,却没有勇气打电话。

不管找什么借口,荒柿都不会原谅自己。就算原谅了,也一定会有所惩罚。鲛冢也很关心拆迁一事,这绝对不是一顿胖揍就能解决的事。

在自己离开涩川组一事败露之前,先找个地方藏起来吧。所幸自己还有五百万日元的存款。或许自己应该到远方的一个城市,用这些钱东山再起。

只不过,烤串联合会一定会派人追踪自己。卓磨不想过上担惊受怕的生活,也不想和梨江分别。无论等待着自己的是怎样的惩罚,总之,得先和荒柿说一声才行。

话虽如此,等到真要拿起手机打电话时,卓磨又害怕了起来。

他在街上走了一个多小时,还是完全下不了决心。

事已至此,只好借酒壮胆了。卓磨如此想着,走进了眼前的一家酒吧里。他坐在吧台上,接连将好几杯加冰的波本威士忌一饮而尽。

或许是因为紧张,酒劲迟迟没有上头。卓磨在中午吃了鸡蛋三明治后就什么都没吃,胃袋却像是灌了铅似的沉重不已,毫无食欲。

卓磨一直喝到十一点，才终于觉得意识有些朦胧，紧张感也有所缓解了。

他取出手机，鼓起勇气打通了荒柿的电话。他战战兢兢地把事情的来龙去脉告诉荒柿，没想到对方却出乎意料地冷静。

"噢。也就是说，拆迁的事没戏了吗？"

"非常抱歉……"

"道歉有什么用？工会是不会轻易原谅你的，这你应该再清楚不过了吧。"

"是的。"

"你打算怎么担起这个责任？"

"我……我会努力工作，补偿损失。"

"涩川组的拆迁要是失败了，好几十亿的钱就全打水漂了。就算你干活干到死，都填不上这个坑。"

"非常抱歉，但我已经没办法再坚持下去了。"

"现在知道叫苦了？下午不是还跟女人亲热得很吗？"

"哎？"

"我今天为了和客户讨论拆迁后的计划，到涩川组附近去了一趟，结果却看到你跟一个女人走在一起。"

偏偏在那种时候被荒柿看到，实在是太倒霉了。不祥的预感让卓磨感到干渴不已。荒柿继续说道:"那女人是谁?是你的女人吗?"

"不是,是一个常到涩川组来的护士。"

"这都无所谓。你说要补偿,就先从那个女人下手吧。明天就给我把她搞进风俗店里去。"

"请放过她吧。我们不是那种关系。"

"不管你们是什么关系,认识你算她倒霉。你要是敢跑路,那女人也没好果子吃。"

"这……"

"那女人只是个开始。只要你还活着,就一辈子出不了头。如果不想这样的话,我再给你一次机会。"

"我……我该怎么做?"

"这还用问吗?滚回涩川组,继续进行拆迁的交涉。不过,期限到这个月月底为止。过了这个时间还没搞定,你就算是完了。"

荒柿挂断了电话。

今天是九日,也就是说给自己的时间只剩下三周了。

卓磨的酒一下子醒了,低落的情绪涌上心头。他早已做好受罚的准备,但荒柿提出的要求超乎了他的想象。要是伊之吉不同意拆迁,不光自己玩完,梨江也难逃一劫。

卓磨心想,自己果然就该一声不吭地逃走才对。不过烤串联合会也不是那么好糊弄的。自己要是敢跑路,他们一定会毫不犹豫地绑架梨江,以示警告。

不过,要是没办法放下梨江,当一个冷血无情之人,就绝对没办法在这行中成大器。为了保全自身,不惜牺牲一切。这才是高利贷从业者的作风。

就算真回到了涩川组,想靠这仅有的三周时间说服伊之吉搬迁也几乎是不可能的。反正都是死路一条,还不如趁现在逃走。就算得过上担惊受怕的生活,也比一辈子出不了头强。

卓磨结完账,离开了酒吧。

不知何时开始,天上下起了雨,霓虹灯光笼罩在一片朦胧中。卓磨淋着雨,走向地铁站。忽然,一种不可言喻的悲伤涌上了心头。

自己在很久以前也曾有过这样的感觉。

卓磨一回想,眼前便浮现出那个将头发梳着三七分,戴着厚眼镜的男人的脸——那个在小学三年级的时候,在公园里认识的"叔叔"的脸。

每到星期日下午,卓磨都会去公园见上叔叔一面。叔叔会听他说话,给他零花钱,对他非常温柔。

然而在某个星期日,母亲因为学习的事将卓磨训斥了一顿,不让他出门。那也是一个像今晚这样下着雨的日子,但卓磨心中清楚，叔叔一定会在公园等着自己。

"下个星期日，我也一定会来的。"

前一次见到叔叔时，卓磨向他许下了这样的约定。因此，他拼了命地恳求母亲让他出门。

"我就出去一会儿，行吗？我马上就会回来的。"

无论卓磨怎么央求，母亲还是不同意。直到太阳下山的时候，母亲突然接到电话，临时有了工作，卓磨才终于趁这个机会出了门。

他心中暗想，叔叔肯定已经不在了，但他还是去了公园。在昏暗的公园中看见坐在长椅上的叔叔时，卓磨的眼泪夺眶而出。

他已经不记得当时和叔叔说了些什么。他只记得自己非常高兴，因为叔叔相信自己，在公园里一直等着自己。

那个叔叔和那时候的自己，现在都已经不在了，但卓磨回忆起了那天晚上的悲伤心情。自己究竟是为了什么在地下钱庄工作的？本想大赚一笔，出人头地，谁知现在却成了一个悲惨的逃亡者。

就算跑路了，只要等风波平息，或许还有赚钱的机会。问题是，卓磨已经搞不清楚自己打算拿那些钱做什么了。

卓磨曾经的梦想是过上纸醉金迷、酒池肉林的生活。即便到现在，卓磨也依然对那样的生活怀有憧憬。

只不过，他发觉比起那种生活，生命中还有一些更为重要的事物。他找不到合适的话语来表达，但那些"重要的事物"堵在他的胸口，让他喘不过气。

雨中的银座线浅草车站出现在了卓磨眼前。只要走下那段楼梯，就能获得自由。卓磨前一刻还想着要逃走，现在却连一步都迈不开。

卓磨转过身，拖着沉重的步伐往回走。

卓磨步履艰难地在雨中行走，浑身湿透，身体冰凉，每走一步，膝盖都止不住地哆嗦。

等他回到涩川组，时间已经过了深夜零点。屋里的灯已经灭了，玄关的玻璃门在黑暗中紧闭着。

卓磨犹豫地敲了敲玻璃门，却没有人应门。这个时间，伊之吉早已睡下，就算醒了，多半也不会让自己进去。

正当卓磨万念俱灰，打算离开时，玄关的灯亮了起来。

玻璃门静静地被打开，海老原的脸出现在了门后。

他的神情依旧如同佛像般温和亲切，但不知怎的，那半睁半闭的眼睛显得有些锐利。海老原招呼卓磨进门，自己则跪坐在地板框上。

"卓磨少爷，您听说过一种叫作八九牌的花牌赌博吗？"海老原用平静的语气询问道。

卓磨用手背擦了擦被雨打湿的脸颊，说道："是那个庄家和玩家通过比较三张牌的合计点数来比拼输赢的赌博吗？"

"没错。其中九最强，零最弱。"

"这我知道。"

"八的图案是芒草，九是菊花，三是樱花。黑帮这个词的词源，就是源于八九三这三张花牌。"

"是这样啊。"

"八加九加三等于二十。虽然插画很气派，但在八九牌中相加起来，个位数是零，一点用处都没有。因此，黑帮这个词最早也是废物的意思。"

"废物啊……"

"黑帮原本指的是赌徒们的头头，对于整个社会来说确实是废物。因此，过去的黑帮为了不挡正经人的道，走路都得走在最靠边的位置。正经人招呼黑帮进屋时，黑帮也绝对不会进屋，只在过道上与其对话。之所以黑帮会在夜晚巡夜，提醒居民们小心火烛、关好门窗，打扫临近的街道，全都是出于对正经人的关心。"

"现在早就没有这样的黑帮了。"

"很遗憾，时代变了。不过就算时代变了，黑帮也依旧受到世人的排挤，不被接纳。黑帮帮派原本就是这些被排挤之人互相依靠、寻求生存的地方。帮主就是父亲，大哥就是兄长。换句话说，一个黑帮就是一个所谓的伪家庭。"

"伪家庭？"

"新成员在喝过结义之酒后，就意味着成为家庭中的一员。既然要组成这样一个没有血缘关系的家庭，为了不给世人添麻烦，就必须严格教育年青一代，把他们培养成懂礼数、守规矩的人。"

卓磨附和了一声。海老原继续说道："修行的第一步就是得学会低头。当然，有时候错在对方，并非自己。但即便如此，也得老老实实地低头认错。就算在心中破口大骂，只要不表现出来就没关系。不管干哪一行，学会低头都是非常重要的。"

卓磨在地下钱庄工作时，反倒是客户要向他低头，自己只要摆摆架子就行。何止如此，卓磨甚至还十分蔑视这些顶着高额利息也要借钱的客户。

"年轻的时候只要肯低头，就能从他人身上学到很多东西。然而随着年龄增长，低头这件事变得越来越麻烦，越来越难为情。那样是不行的。一个人如果不再向他人低头，很快就会开始不懂装懂，最后还是免不了要丢脸。谁都不愿意把知识经验传授给你，你就学不到新的东西了。俗话说，越是饱满的稻穗，脑袋垂得越低。人也是这样的。脑袋垂得越低，就代表这个人越有素养。"

"我明白了。"

"我在被帮主捡回来之前，是个这样的人……"

海老原突然将一只手从和服中抽出,露出手臂的肌肤。

卓磨倒吸了一口凉气。从肩膀到小臂,上面密密麻麻的全是褪了色的鲤鱼刺青。海老原继续说道:"身体发肤受之父母,我却这样伤害自己的身体,还自以为神气。说来真是很难为情啊。"

海老原叹了口气,穿好衣服。

"帮主对卓磨少爷的要求非常严格,但他绝对不是对您心怀怨恨。还请您一定记住这一点,努力修行吧。"

卓磨无言以对,只好深深地鞠了一躬。

"真是抱歉,让您听我唠叨了这么多。您一定很冷吧,快进屋里来吧。"

听海老原这么说,卓磨脱掉鞋子,走上过道。海老原走在前面,突然停下脚步,用手指向伙房的方向。

"虽然时间很晚了,但如果您饿了的话,请自便。"

卓磨走进伙房,打开灯,发现桌上放着一个覆盖着铝箔纸的盘子。

卓磨小心翼翼地揭开铝箔纸,发现里面是一个巨大的饭团。

看到饭团,卓磨的肚子像是起了反应似的"咕咕"叫了起来。

与此同时,过道上传来了海老原的声音。

"啊,我忘记告诉您了,这是柳刃先生用今晚的剩饭做的……"

卓磨咬了一口凉透的饭团,感到一股温热的暖流涌上了眼眶。

半夜的饭团

第六章

在家就能做的美味牛肉盖饭
便宜的肉做出来更好吃

和煦的阳光透过伙房的窗户照射进来。

柳刃将黄油放入平底锅中融化，开始炒制切成薄片的培根、洋葱、蒜末和红辣椒圈。一旁的瓦斯炉上放着一口汤锅，里头是开水和意大利面。

柳刃将本菇、香菇和舞菇放进平底锅中，朝汤锅的方向抬了抬下巴。

"好的。"卓磨应道，用筷子将汤锅中的意大利面搅拌均匀。

菌菇类在炒制片刻后便断生了。

"白葡萄酒。"柳刃说道。

卓磨将白葡萄酒瓶递给柳刃。柳刃将酒淋在菌菇上，开大火蒸发掉酒精。

"酱油。"

"好的。"卓磨应道，将酱油瓶递给柳刃。柳刃将少许酱油均匀地淋在菌菇上。这时，厨房定时器响了。

卓磨取来笊篱，将意大利面滤出，倒进柳刃递过来的平底锅中。柳刃迅速摇晃锅身，让面裹上酱汁，接着撒上少量胡椒粉和海带茶粉，翻拌均匀。

"好了，装盘。"

卓磨用食物夹将平底锅中的意大利面夹入盘中。他按柳刃说的方法，在夹面的同时旋转食物夹，让面形成小山的形状。

与此同时，柳刃将事先做好的玉米浓汤加热，倒进汤碗中。等卓磨将意大利面装盘后，柳刃在上面撒上紫菜末，一道菌菇意大利面就做好了。

"'香气数松蕈，口味数本菇'指的就是这个本菇吧。本菇就算加在意式细面里也一样美味啊。"

伊之吉用筷子吃着意大利面，一脸满足地嘀咕道。

"帮主，"海老原说道，"恕我直言，现在的人们好像管这个叫意大利面……"

"老夫说是意式细面就是意式细面。对吧，柳刃先生？"

"没错。意式细面就是意大利面的一种。广义上来说，意大利面还包括通心粉、尖管通心粉和千层面。"柳刃答道。

"你看吧。"伊之吉说道。海老原挠了挠脑袋。

"二当家只懂得以前的事，这种问题还是得问老夫。"

"俺……俺也想问一个问题，可以吗？"豆藤说道。

"什么?"伊之吉问道。

"吃……吃意式细面的时候,正……正式的吃法是不是用叉子和汤匙吃?"

"蠢货!别问我这种问题。"

"意大利人吃意式细面的时候只用叉子。只有小朋友才会用汤匙吃面,所以用汤匙吃是种不太礼貌的做法。"柳刃说道。

"那真是太好了。"火野说道,"我一直觉得用汤匙吃面很麻烦。"

意大利面中加入了大蒜和辣椒圈,吃起来有种蒜油意大利面的感觉。不过,酱汁中还带着酱油和海带茶的鲜美,也颇有日式风味。

虽然充分吸收了酱汁的香菇和舞菇的味道也不差,但正如伊之吉所说,本菇的味道更是一绝。本菇的尺寸较大,柳刃将其切成了薄片,使其口感恰到好处,鲜香四溢。

用来搭配意式细面的玉米浓汤带有玉米的鲜甜,和微辣的面条堪称绝配。这道玉米浓汤是将罐装玉米用等量牛奶炖煮,并加入法式清汤颗粒、盐和黑胡椒制作而成的。

自卓磨一怒之下离开涩川组那天起,已经过去了六天。

放下逃跑的念头,回到组里的那天早上,卓磨心惊胆战地来到了伙房,然而柳刃却像什么事都没发生过似的,指示卓磨协助自己烹饪。伊之吉也什么都没说。这让卓磨松了一口气,再度回到了原本的生活中。

卓磨的礼数修行到今天为止正好是一个月。

距离荒柿给出的期限只剩下十六天了，事情却仍旧毫无进展。日常生活安逸无比，与卓磨内心的焦虑形成鲜明对比。

今晚，许久未见的梨江准备过来吃晚饭。

昨天晚上，梨江来到组里查看伊之吉的身体状况，两人似乎就是在那时候提到了晚饭的事。为什么不和自己说？卓磨如此想道。

"那我明晚过来，真高兴能和帮主一起吃饭。"

听梨江这么说，伊之吉的心情好得不得了。

卓磨还是一如既往地通过电话及短信和梨江保持着联系。

不过，在出门采购食材的时候，卓磨都会尽量缩短通话时间，因此只能聊些不痛不痒的话题。拆迁的事自不必说，自己曾经离开过涩川组的事和她已经被荒柿盯上的事，卓磨都没有告诉梨江。就算说了，也只是徒增她的不安罢了。

话虽如此，过不了多久，自己一定会陷入窘境。即便现在正悠闲地吃着午饭，卓磨还是心慌不已，感觉这一切都只是暴风雨前的宁静。

下午五点，卓磨出门采购晚饭的食材。

卓磨昨天在电话中问过梨江想吃什么，她说想吃牛肉。不过，她又立刻补充道："还是算了吧。牛肉太贵了。"

"没事，柳刃先生会想办法的。"

卓磨虽然这么回复了梨江，但到了要和柳刃提这件事的时候，还是不禁有些紧张。要吃牛肉的话，一人三百日元是肯定不够的。卓磨担心自己会被柳刃训斥，没想到柳刃在听到"牛肉"两字后并没有什么特别的反应，只说了句"我知道了"。

柳刃让卓磨购买的食材有美国产切片牛肉、豆芽和红姜。美国产切片牛肉在牛肉中价格较为便宜，一千克还不到一千七百日元。红姜三百日元，豆芽七十日元。七人份的食材，总价还不到两千一百日元。

卓磨回到组里，进入伙房，看到柳刃正将白葡萄酒倒进一个稍大的锅里。卓磨依照柳刃的指示，将之前买的两颗洋葱切成瓣状。

卓磨一边切菜一边用眼角的余光朝柳刃的方向看去。柳刃在将白葡萄酒煮沸后，往锅中加入了清水和海带。在水快要沸腾的时候取出海带，往锅里加入酱油、甜料酒、蒜蓉以及之前在部队锅里用过的大喜大牛肉粉，用勺子舀了一口，尝了尝味道，随后加入洋葱炖煮。

接着，卓磨又依照柳刃的指示，打开红姜的袋子，将红姜装进小碗中。看这样子，柳刃是打算要做牛肉盖饭。卓磨一问，果然如此。

"其实肥牛片更适合做牛肉盖饭，但价格会贵一些。"

"原来如此。"

"尽管店铺之间会有差异，但写着'切片牛肉'的肉其实是很多不同部位的肉混杂在一起的。而肥牛片则一定是只用腹部和背部的优质肉做成的。"

"难怪价格会比较高。"

卓磨完全不知道切片牛肉和肥牛片之间有着这样的区别。他向柳刃询问加入大喜大的理由，柳刃微微一笑。

"有传闻称某家牛肉盖饭连锁店的肥牛就是用大喜大调味的。虽然不知是真是假，但大喜大毕竟浓缩了牛骨和蔬菜的精华，加一点能让汤底味道更浓郁，这点是毫无疑问的。"

趁着炖煮洋葱的工夫，柳刃取来了另一个锅，加入清水烧开。他将洗过的豆芽放入锅中，加入中式高汤粉。接着又将鸡蛋液和淀粉水混合并倒入锅中，滴入几滴芝麻油，最后用椒盐调味。

柳刃将煮豆芽的锅关火，用滤网将另一个锅中的洋葱捞出，放进碗中。接着，他将切片牛肉全部放进炖过洋葱的锅里，仔细地用长筷子将肉搅散，撇去浮沫。

"要把牛肉和洋葱分开煮吗？"

在家就能做的美味牛肉盖饭

听卓磨如此问道，柳刃告诉他，之后还会把洋葱倒回锅里。

"洋葱可以依照个人喜好煮得偏软或偏硬，但牛肉要是煮过头，口感就会变硬，稍微煮一会儿，撇掉浮沫，就可以吃了。"

牛肉煮好后，柳刃将碗中的洋葱倒回锅里，煮至水开。

卓磨原以为柳刃会将食材捞出做成盖饭，没想到柳刃却说："牛肉盖饭等到最后再吃。先就着肉片喝上几杯吧。"

柳刃将牛肉和洋葱装进一个大盘子里，佐以大量红姜。蘸料有辣椒粉和七味辣椒粉[1]两种。

众人在碰杯之后，立刻品尝起了牛肉。

"哇，比店里做的还要好吃。"梨江说道。

伊之吉一脸感慨地说道："老夫已经好几十年没吃牛肉盖饭了。这是牛肉火锅的味道啊，真令人怀念。"

"您说的是怎样的牛肉火锅？"梨江问道。

伊之吉说，他过去会在铁锅中加入调和酱油，炖煮牛肉和蔬菜吃。

"关西那边的吃法是先煎一下牛肉，然后再就着酱油和糖吃。那其实不是牛肉火锅，而是寿喜烧，不过最近这两种吃法好像都

---

[1] 七味辣椒粉：由七种不同颜色的调味料配制而成的辣椒粉。

被叫成寿喜烧了。"

"牛肉盖饭起源于明治时代，当时似乎被称为'牛饭'。起先是有人试着把牛肉火锅浇在饭上吃，后来这种吃法便慢慢传开了。"柳刃说道。

"说起来，"海老原说道，"我们年轻的时候，街上还能见到'牛肉火锅店'和'牛饭店'呢。"

"露天摊上卖的那种叫作'Kamechabu'，除了牛肉之外还加了牛下水。"

"那……那个……"豆藤开口道，"'Kamechabu'是什么意思？"

"蠢货！别问我这种问题！"伊之吉怒吼道。

柳刃苦笑着说道："这个词的由来众说纷纭，不过据说'kame'指的是狗，'chabu'指的是饭桌。"

"狗？难道用的是狗肉吗？"

"不，不是狗肉。据说是在明治时代，日本人把外国人呼唤爱犬时说的'come'和'come here'错听成了'kame'，于是'kame'一词就有了狗的意思。又因为外国人喂爱犬吃的食物很像盖饭，于是牛饭就有了'Kamechabu'这个名字。"

卓磨在牛肉片上撒上大量辣椒粉，就着红姜一起吃，适度的辣味非常下酒。如果撒上七味辣椒粉，就会变成类似牛肉盖饭店中肥牛片的味道。不过，因为众人一同分享美食、举杯畅饮，所

在家就能做的美味牛肉盖饭

以味道在感觉上比店里卖的还要好。

火野一边喝着加冰烧酒,一边大口吃着红姜。

"光是这个就非常下酒啊。"

"关西人还会把红姜做成烤串。炸着吃味道也不错。"柳刃说道。

在牛肉片快被吃完的时候,柳刃给卓磨使了个眼色,走向伙房。

卓磨连忙跟了上去。柳刃将剩下的肉片和加入了豆芽菜的中式高汤加热,按人数在小碗中打入鸡蛋。

鸡蛋已经事先从冰箱中取出,恢复到了室温。在卓磨将中式高汤倒进碗里的时候,柳刃将牛肉片铺在了装有米饭的海碗中。

片刻过后,牛肉盖饭和中式高汤就做好了。

柳刃将装有剩余牛肉汤汁的锅也端上了桌。

"我在盖饭里加入了正常量的汤汁,如果需要更多汤汁的话,请自行添加。"

"原来如此。"梨江说道,"下次在家里做牛肉的时候也可以试试这种做法。"

"或者可以晚餐吃牛肉片和其他菜,第二天早上再用剩下的牛肉片做盖饭。牛肉放一晚上味道会变得更好。"

"晚餐只吃牛肉片和其他小菜啊……对于需要控制碳水化合物

摄入量的人来说，这种方法或许还挺不错的呢。"

卓磨先是尝了一口牛肉盖饭原本的味道，之后加入了更多的汤汁。最后，他把生鸡蛋也倒入碗里搅拌均匀，同时享受三种味道。

中式高汤中豆芽的爽脆口感和鸡蛋的甘甜绝妙无比。热乎而浓稠的汤汁衬托出了拌过生鸡蛋之后变得冰凉的牛肉盖饭的美味。

卓磨抢在其他人前头把盖饭吃了个精光，填饱了肚子。

他为了准备餐后茶来到伙房。突然，衣服口袋中的手机振动了起来。卓磨漫不经心地看了一眼，却不禁倒吸一口凉气。

是荒柿打来的电话。卓磨本打算无视，但还是很在意对方想说些什么，便冲进厕所，按下了接听键。

"怎么这么慢？"电话中传来荒柿不耐烦的声音。

"对不起。"卓磨低声向他道歉。

"我就是想问问你，应该还没有人发现你是烤串联合会的人吧？"

"对。"

"行。我和领袖现在去你那边。"

"哎？"

"都怪你拖拖拉拉的，领袖都快要发火了。他说他坐不住了，要直接出面和你外公交涉。"

"但……但我觉得帮主是不会答应的……"

"不试试怎么知道？总之，我们先给他个下马威，铁定能把他吓个半死。反正都得搬出去，他到时候说不定就会同意让你继承土地了。"

"可是……"

"可是什么？还不是因为你什么都做不好，领袖才说要帮你一把。你有什么怨言吗？"

"没有……"

"你就装作不认识我们。明白了吗？"

挂断电话后，卓磨为所有人泡好茶，回到起居室里。

一想到不久之后鲛冢和荒柿就要过来，卓磨担心得不行。因为不知道会发生些什么，必须得先让梨江回家才行。然而，她现在正愉快地同伊之吉说着话。

卓磨一边收拾着餐具和杯子，一边伺机和梨江搭话。

"你怎么从刚才开始就一直往这边偷瞄？"伊之吉突然瞪着卓磨说道。

卓磨摇了摇头："不……没有啊。"

"少骗人了。你又在对梨江暗送秋波吧？"

"不……不是那样的。"

"区区一个修行礼数的，要是敢调戏梨江，小心老夫打断你的腿！"伊之吉怒吼道，拿起茶杯喝了口茶。

梨江扑哧一笑。

"就算被调戏也没关系。因为我喜欢卓磨大哥。"

听到这出乎意料的话语，卓磨眨了眨眼睛。伊之吉被茶呛到，咳个不停。梨江连忙揉了揉伊之吉的背，海老原和豆藤面面相觑。

柳刃拿出烟起身离开。火野装模作样地用手扇了扇风，自言自语道："哎呀，屋里真是热死了。"

就在这时，玄关的玻璃门被敲响了。

幸运与不幸的连环令卓磨感到不知所措。回过神来，才发现豆藤已经到玄关去了。不久后，他便一脸疑惑地回到了起居室。

"是……是一位名叫鲛冢的人，说……说是想见帮主……"

咳嗽终于平息的伊之吉喘着粗气说道："老夫不认识他。他是什么人？"

"听……听说是烤串联合会的领袖。"

"烤串联合会？是那个时常会上新闻的半灰色集团吗？"

"没……没错。他……他说，有些话无论如何都想要对帮主说……"

"我和那种畜生无话可说，把他赶走。"

就在这时，过道上传来杂乱的脚步声，鲛冢和荒柿闯进了起居室。

在家就能做的美味牛肉盖饭　　151

天气如此寒冷，鲛冢却仍旧穿着黑色背心和修身皮裤。他的皮肤白皙，五官端正，一头长发染成灰色，和起居室古朴的氛围极不相称。

荒柿穿着带有黄色刺绣的白色运动外套，裸露的胸口上露出了刺青。他依然顶着一头金色短发，厚实的脸颊被太阳晒成褐色。

鲛冢将双手插进皮裤口袋中，微微低头示意，说道："你好啊，帮主。我是烤串联合会的鲛冢。"

"谁允许你们进来了？还有，你这是问候人的态度吗？！"伊之吉怒吼道。

鲛冢的脸上浮现出冷笑。

"不好意思啊，我是个急性子。"

"真是一副不像样的打扮，你们两个都是。不懂人情世故的家伙不配踏进涩川组的大门，还不快滚！"

"我们当然不懂道义人情了，我们又不是黑帮。"鲛冢一脸从容地说道，在榻榻米上盘腿坐下。荒柿也在他边上坐了下来。

"谁让你们坐下了？别逼老夫动手！"伊之吉直起身怒吼道。

火野一脸严肃，准备随时站起身。海老原和豆藤紧张地看着伊之吉和鲛冢。

卓磨悄悄来到伙房，朝梨江招了招手。梨江来到伙房后，卓磨对梨江耳语，让她先回家，梨江却摇了摇头，似乎很在意事态的发展。

两人从伙房探出头，观察起居室的情况。

鲛冢沙哑地笑了。

"动手？真是明目张胆地威胁啊。暴力团体的成员说这种话，可是会被警察抓走的哦。"

"胡说八道！涩川组可不是什么暴力团体。"

"但涩川组是黑帮，没错吧？黑帮在大众眼中就是暴力团体。"

"少啰唆，有什么事快说！"

"那我说了。请把这块土地卖给我。"

"老夫才不会把地卖给你这种人渣。别让老夫再看到你！"

"居然叫我人渣，真是过分啊。这块土地不好好利用起来，实在太浪费了。您打算让别人继承土地吗？"

"没有。"

"既然如此，还是把土地卖了吧，这样才能发挥它的经济价值。若是帮主您不幸过世，遗产却无人继承的话，这块土地是会被国家征用的。"

"不用你多管闲事。"

"您无论如何都不肯答应，是吗？"

"蠢货，你是耳朵聋了吗？"

"我明白了。既然如此，我们就要采取相应的手段了，可以吗？"

"噢——你倒是试试。涩川组的金字招牌从明治时代起一直延续至今,怎么能让你这种旁门左道的乡巴佬抢了去!"

"日本法律对黑帮采取的是替代责任[1]制,所以你们连手指头都不能动。要是出了什么事,被逮捕的可是帮主您啊。"

"有种你就试试看。要是怕蹲号子,还怎么在黑道上混?"

"烤串联合会的实际情况连警方都无法掌握。因为他们根本查不出谁是工会的成员。你们是不可能赢过我们的。"荒柿插了句话。

"话虽如此,"鲛冢说道,"如果可以的话,我们也不希望派人伤害各位,脏了成员的手。接受我们的提议,建立起 win-win 的合作关系,互利共赢吧。"

"win-win 个屁。你是个啥玩意儿,坏掉的风扇吗?"

"我可是非常有礼貌地在和您交谈,您至于说到这个份上吗?看样子是真的想要惹火我啊。"

鲛冢探出身子,表情变得狰狞起来。

"帮主说了让你们滚,你们就老老实实地回去吧。"

卓磨看向声音的源头,只见柳刃不知何时回到了起居室。

---

[1] 替代责任:如果行为人同第三人之间存在某种特殊关系或者行为人同受害人之间存在特殊关系,当第三人对他人实施某种侵权行为并因此导致他人遭受损害,行为人应当就第三人实施的侵权行为对受害人承担侵权责任。

鲛冢修长的眉毛皱在了一起。

"你是谁?"

"樱田门一家柳刃组第四代帮主,柳刃龙一。"

"听都没听过的帮派啊。你也是黑帮吗?我们在说话,别随便插嘴。"

"那可不成。涩川组有恩于我,患难与共方为处世之道。"

"实在愚蠢。我们从不被道义人情这种低效率的东西所束缚,因此才能不择手段地达成目的。一切问题都能用力量解决。"

"你所谓的力量是什么?"

"这不是废话吗?当然是金钱和暴力了。"

"拜金之人终将为金钱所背叛。施暴之人终将为暴力所折服。"

"胡搅蛮缠。"

"这可不是胡搅蛮缠。这是天理。"

"别小看了我们的实力,就算要把你们帮派整个买下来都不成问题。"

"反正都是些靠放高利贷和诈骗弄到手的肮脏钱财吧。那样的钱称不上是资金。"

"钱不分什么干净不干净的。赚得多的人就是赢家。"

"会赚钱确实是一种才能,但这种才能本身是毫无价值的。一个人空有这种才能,只能吸引到一群嗜财之徒,对于人类来说没有任何的价值。"

"哼，也只有嫉妒富人的穷人才会说出这种话。"

"你很快就会明白的。肮脏的钱赚得越多，失去的就越多。"

"随你怎么说。你连我们的实力都不清楚，就别高高在上地讲大道理了。"

"我倒是知道你们干过什么事。几十个人围殴一个人，不觉得害臊吗？"

"之所以群体作案，是为了让警方分辨不出谁是主犯。就算把人弄死了，警方也很难证明是故意杀人所致，审判结果多半是伤害致死。我们的手段可比你们这群黑帮要聪明多了。"

"只不过是不敢和别人一对一单挑罢了，真会找借口啊。"

"哦？那你想见识一下我的身手吗？"

鲛冢将力量集中在裸露的手臂上。肱二头肌和胸大肌的隆起幅度之大令人感到不寒而栗，青筋像蓝色的闪电一般暴起，从粗壮的脖子一路延伸到肩膀的斜方肌如摔跤运动员一般发达。然而，柳刃依旧面无表情。

"别在这里虚张声势，要打我们出去打。"

"你说什么？！"

鲛冢站起身，眼看着就涨红了脸。荒柿一脸惊慌地站了起来，在鲛冢耳边低语了些什么。

鲛冢"啧"了一声,说道:"今天算你走运。一会儿还有一场集会,我就先走了。"

"走运的是你。"柳刃说道。

鲛冢的眉头挤满了细小的皱纹,仿佛一匹狼似的。

"我们下次来的时候,就不会再给你商量的机会了。在那之前好好想清楚吧,帮主。"

鲛冢和荒柿转身出了房间。

第七章

原创美食盛宴

美味又增强体力

时间来到十一月下旬,外头的空气冷飕飕的。

街上的行人们穿得严严实实的,完全是一幅冬日光景。商店街中已经有店铺换上了圣诞节的装饰。

卓磨单手提着塑料袋,与梨江肩并肩走着。他刚去超市和肉店采购了晚餐的食材,正在回家的路上。今天是周日,梨江不用上班,因此两人提前碰面,一起买了东西。

时间还不到五点,他还能和梨江在一起待一会儿。

话虽如此,卓磨知道要是得寸进尺,回家晚了,柳刃肯定不会再次原谅自己,因此他反复查看时间。

塑料袋中装着鸡胸肉、炒面用面、虾、韭菜、小葱、洋葱、玉蕈和柠檬。鸡胸肉是在肉店买的,非常新鲜。梨江走着走着,忽然看了眼塑料袋。

"不知道柳刃先生打算做些什么呢?"

"我也不清楚。来家里吃晚饭吧,这样你就知道了。"

"我也想去,但今晚还得学习护理知识呢,而且房间也还没整理。"

"你还真是认真啊。"

"卓磨大哥也很认真啊,每天任劳任怨地干着家务。"

"话是这么说,但那可是黑帮的修行啊,真的能说是认真吗?"

"我之前就说过了,涩川组和其他的黑帮不一样。"

"但我觉得留在涩川组根本没有前途。"

"那是因为伊之吉先生他们已经上了年纪呀。卓磨大哥还这么年轻,为什么不试着去做些改变呢?"

卓磨无法对梨江明说自己没打算加入帮派,只好含糊其词地敷衍过去。

在之前和伊之吉的对话中,卓磨得知梨江对自己抱有好感。卓磨当时感到欢欣雀跃,事后却开始不安了起来。

"烤串联合会的那些人,之后又说了些什么吗?"梨江如此问道。

卓磨不希望她担心,告诉她那之后他们什么都没说。

"柳刃先生好帅啊,面对那么可怕的对手也毫不退缩。"

"是啊……"

"他那时候说,肮脏的钱赚得越多,失去的就越多。我听了之后还挺感动的。"

"是吗？我没怎么理解他的意思。"

"我也不敢保证自己完全理解了他的意思，但我觉得他应该是想说，不择手段赚钱是会伤害他人的吧。对他人施加的伤害总有一天会回到自己身上。"

听梨江这么一说，卓磨想起了过去的自己，不禁有些愧疚。

要是梨江知道自己原本在地下钱庄工作，而且还是烤串联合会的一员，她会如何看待自己呢？更别提在涩川组修行礼数也只是为了说服伊之吉接受拆迁了。

东窗事发只是时间问题。到时候若是遭到梨江的厌恶，也是无可奈何的。只不过一想到梨江可能会遭遇不测，卓磨就感到头晕目眩。

距离鲛冢和荒柿来到涩川组，已经过去一周了。

算上今天，距离荒柿给的期限——月底，只剩下九天了。荒柿在那之后打来了好几个电话，询问伊之吉的情况。伊之吉自然丝毫没有要卖地的意思。

"领袖是真的火了，说绝对要让那个叫柳刃的家伙死无全尸。要是说服不了你外公，你的下场也跟他一样。"

伊之吉还是一如既往地意气风发。但他似乎对鲛冢的事十分介怀，每天早餐前都会练习挥舞木刀。

"虽说我老了，但也决不能输给那种小鬼头。"

伊之吉如此扬言道,要求柳刃制作一些能够增强体力的菜肴。因此,最近几天的食材净是鸡蛋、纳豆和禽肉这类高蛋白质的食物。

不过,一群老人就算再怎么增强体力,在工会的人面前还是不堪一击。即便柳刃和火野出手相助,也是杯水车薪。

不,光鲛冢和荒柿两个人,就能把涩川组屠杀殆尽。荒柿之前是个拳击运动员,鲛冢则在无限制的地下格斗大赛中未尝一败。

之前柳刃和鲛冢在起居室对峙的时候,卓磨在心中祈祷鲛冢离开。柳刃面对鲛冢仍旧不为所动的魄力让卓磨钦佩不已,但真打起来,他一点胜算都没有。

不过,到了月底,自己就算是完蛋了。卓磨只能期盼自己在那之前想出某种妙策,或是奇迹发生了。

时间过了五点,卓磨和梨江告别,回到涩川组。

柳刃站在伙房的换气扇下方抽着烟。就在卓磨将买来的食材从袋子中取出来时,柳刃一边吐着烟,一边开口了。

"你最近脸色很差啊,有什么心事吗?"

被柳刃一语中的,让卓磨有些动摇,但他也不能多说什么。

"我没什么心事……"

"那就好。做饭的时候可别分心。"

柳刃将烟头摁灭在水槽边的垃圾袋中,开始做菜。他先将鸡胸肉上的白筋剔除,然后一块块地放入沸水中汆烫。

汆烫时间大约在二十秒,等鸡胸肉发白了就从锅中捞出,放入一个装有冰水的碗中浸泡。等鸡胸肉冷却了,就用厨房纸包裹住,仔细地擦干水分。

据柳刃说,之所以在汆烫之后立刻把鸡胸肉放进冰水中,是因为这样鸡肉白色部分和红色部分的界线才会变得分明。

在柳刃处理鸡胸肉的时候,卓磨将大量大蒜磨成蓉,小葱切碎,洋葱切瓣,韭菜切成约三厘米长的小段。

卓磨将玉蕈根部摘下放在一旁,柠檬对半切开,汁水挤入小碟中。之后他将虾剥壳,剔除虾线,装入碗中,倒入淀粉、盐和水,轻轻搓洗干净。这个做法是柳刃之前教给卓磨的,能去除虾的腥味。洗完虾后将浑浊的灰水倒掉,再次冲洗,如此虾仁就准备好了。

柳刃又取来一个锅烧水,从冰箱中取出梅子干,去核后用菜刀剁碎。水沸后,柳刃将刚才切好的洋葱的一半、玉蕈、一部分蒜蓉、辣油和少量鸡骨高汤粉加入锅中。之后又往锅里加入剁碎的梅子干,倒入少许柠檬汁。卓磨完全想象不出这锅汤会是怎样的味道。

"这是什么汤?"卓磨忍不住问道。

柳刃一边将鸡胸肉斜切成薄片一边说道:"一会儿喝了就知

道。你先按人数打好鸡蛋，把蛋黄倒进小碗中。蛋清别扔，留着备用。"

卓磨立刻动手打蛋，却发现自己不知道该如何将蛋黄从蛋清中分出来。

"熟练的人用蛋壳就能分出蛋黄，新手可以用汤匙舀。最近还有人发明了用空塑料瓶把蛋黄吸出来的方法。"

因为手头没有合适的塑料瓶，卓磨便用汤匙捞起蛋黄，装进小碗中。柳刃将斜切的鸡胸肉摆在蛋黄边上，淋上柚子醋，撒上葱花，接着撒上大量辣椒粉和海青菜。

卓磨依照柳刃的吩咐，把剩余的蛋清倒进专门用于制作蛋羹的碗中，将冰箱中的乳酪片撕碎放进碗里，最后加入蛋黄酱搅拌均匀。

"做好了就一碗一碗地放进微波炉里加热。"

卓磨将混合了蛋清和乳酪的碗放进微波炉加热一分钟左右。乳酪和蛋黄酱在高温下融化，碗中的食材像蛋羹一样凝固了起来。卓磨按柳刃的指示在上面撒上胡椒粉。

柳刃将炒面用面倒在笊篱上，淋上日本酒，将其拌开。之所以使用日本酒而不是清水，是为了防止面条粘连，并增加风味。

柳刃在平底锅中倒入油，下入洋葱炒制。接着，他将一半虾仁放进谜一般的汤汁中，撒上辣椒粉，剩下的一半则倒进平底锅中和洋葱一同翻炒。

虾仁的颜色变红后，柳刃往锅中加入蒜蓉和面。大蒜的香味立刻充满了整间伙房。面差不多熟了之后，柳刃往锅中加入较正常用量稍多的蚝油，撒上盐和黑胡椒。之后，他往锅中加入韭菜和柠檬汁，继续翻炒。等韭菜呈现出翠绿色后便关火，将锅中的食材盛入盘中。

卓磨将晚餐端到起居室。

他不知道这些菜都叫什么名字，硬要说的话，大概就是半生鸡肉片佐蛋黄海青菜、盐味蒜香虾仁炒面和蛋黄酱蛋白羹吧。唯独那道加了虾仁和梅子干的汤仍旧是一个谜。

鸡肉片外侧雪白，内侧呈现出鲜艳的粉色，加上蛋黄的黄色、海青菜和葱花的绿色、辣椒粉的红色和柚子醋的茶褐色，整道菜五彩缤纷，令人垂涎。柳刃说，最好先把蛋黄戳破拌匀后再吃。

伊之吉率先尝了一口，布满皱纹的脸颊上绽开笑容。

"这道菜可真了不得！我从没吃过这么美味的半生鸡肉片。"

"鸡肉片本身就非常好吃，蘸着蛋黄一起吃更是让人欲罢不能啊。"海老原说道。

豆藤一下子就把鸡肉吃了个精光，依依不舍地盯着小碗看。

卓磨先是不蘸蛋黄地吃了一口半生鸡肉片。

鸡肉软嫩却有嚼头,鲜美多汁。葱花和辣椒粉的辣、海青菜的香同柚子醋的味道结合在一起,光是这样就已经非常下酒,但蘸上蛋黄之后再吃更是别有一番风味。黏稠而浓厚的口感凸显出了半生鸡肉片的美味,舌头仿佛都要融化了一般。

"鸡肉坏得快,所以做半生鸡肉片时一定得选新鲜的鸡胸肉。最好是告诉肉店店员自己要做半生鸡肉片,让店员帮着挑选。如果还是不放心的话,也可以汆烫到内部变白为止,不过这样做会让味道减分。"柳刃说道。

"毕竟还是担心食物中毒啊。"海老原说道,"最近吃了好多鸡蛋,不知道胆固醇要不要紧啊。"

"蠢货!连胆固醇都怕,还怎么在道上混!"

听伊之吉这么说,柳刃回应道:"过去人们似乎总把胆固醇当作有害的东西,但实际上胆固醇是构成细胞膜的必要成分。而且,同样是胆固醇,也有好胆固醇和坏胆固醇之分。"

"哈哈哈,胆固醇也有好坏之分,就跟黑帮一样啊。"伊之吉笑道。

柳刃继续说道:"鸡蛋中的卵磷脂和油酸可以促进有益胆固醇的产生,抑制有害胆固醇的活性。而且鸡蛋还是蛋白价高达一百的完美蛋白食品。"

"蛋白价?"

"一种指标,用于表示食品中含有的蛋白质的营养价值。众所周知,除去水分外,人体就是由蛋白质构成的。人体每日都会消耗蛋白质,因此需要及时补充。蛋白质是由氨基酸转化而成的。人类所需的九种氨基酸只要有一种摄入不足,就会对血液、肌肉和骨骼的再生造成影响。"

"那可不妙啊。老人家的骨头原本就很脆弱了。"

"出于健康考虑,最好经常摄入高蛋白价食品,补充人体所需氨基酸。不过,蛋白价一百的食物也只有鸡蛋、蚬子和糠虾而已。"

"糠虾是盐渍糠虾的那个糠虾吗?"

"是的。糠虾一般平时很少吃,蚬子也不太可能大量食用。因此能经常吃,并且蛋白价为一百的食物就只有鸡蛋了。"

卓磨完全不知道鸡蛋原来有这么高的营养价值。听完柳刃这一番话,裹在半生鸡肉片上的蛋黄仿佛变得更加美味了。

吃完鸡肉片,接下来是炒面。

炒面蒜香浓郁,刚吃一口,味觉就被强烈的刺激所麻痹。尽管如此,炒面的调味却十分简单,保留了富有弹性的虾仁、爽脆的韭菜和多汁的洋葱原本的鲜美。

但比配菜更美味的,是用酒拌开的面条。面条一根根口感分明,味道像是在店里吃的一样。黑胡椒的香气和蚝油的醇厚凸显出了用盐调过味的炒面的美味。尽管大蒜的味道非常突出,但因为加了柠檬汁，使得炒面的余味十分清爽。

伊之吉狼吞虎咽地吸着面条，完全不像是个已经年过八十的人。

"老夫感觉整个人都有精神了。刚吃一口就浑身发热。"

"半生鸡肉片和这炒面都非常下酒，真担心会一不留神喝多了啊。"

海老原光秃秃的脑袋涨得通红。这时，火野喝了一口谜一般的汤。

"啊，这是那个，泰国的那个，叫什么来着……"他露出百思不得其解的神情。

卓磨也喝了一口谜一般的汤，瞬间张大了眼睛。他总觉得自己在哪里吃过类似的东西。

"是叫冬什么的来着，对吧？"

听卓磨这么说，柳刃答道："冬荫功。不过我做的这个跟正宗的冬荫功差别挺大的。"

"我只吃过冬荫功口味的方便面，味道和这汤非常像。不过，为什么放了梅子干、大蒜和辣油就会变成这种味道？"

"这点我也不清楚，我只是参照菜谱书做的。"

这锅冬荫功风味的汤完美融合了梅子干的酸和辣油、辣椒粉的辣，充满了异域风味。

接着，卓磨尝了尝蛋黄酱蛋白羹。蛋白羹的味道醇厚而温和，与炒面的配汤形成鲜明对比。蛋白的清淡口味和蛋黄酱、乳酪的浓郁口感十分搭调。

柳刃将蛋黄用在半生鸡肉片中，将蛋清用在蛋羹中，充分利用了鸡蛋这一食材。虾仁、大蒜、洋葱和柠檬汁也被分别用在了炒面和冬荫功汤中。

即便预算不多，只要肯下功夫，就能做出这么美味的东西。在地下钱庄工作时，卓磨每天吃的都是便利店的盒饭，从节俭的角度来说，现在的伙食费反而更低。

在给柳刃打下手的过程中，卓磨意识到，烹饪的重点并不在于食材的价格。重要的是如何激发出有限食材中的美味。

卓磨心中涌现出这么一个疑问：自己是不是一直以来都理解错了"奢侈"二字的含义？

他为了赚大钱，过上奢侈的生活而进入烤串联合会，成为高利贷从业者。但实际上，根本没必要花大钱去高级餐厅吃饭，就算是三百日元钱的伙食也能让人感到满足。

纵使自己发财了，身边美女成群，追捧者无数，这些人肯定也都是些拜金之徒。再怎么向他们炫耀，也徒劳无功。他们只是为了钱才对自己点头哈腰，根本不会打心底里尊重自己。

若是这样就能满足的话，那人际关系确实是能用钱买到的。只不过这样的人际关系，钱一断，缘分也断，自己一旦陷入窘境，就会被他人所抛弃。

卓磨品尝着一道道菜肴，陷入了思考。

"哎呀，真是好吃啊。"

突然，伊之吉这么说着，放下了筷子。

"说来有些难为情，但老夫真是到了这把年纪才知道原来吃饭是件这么快乐的事。年轻的时候什么东西都吃，只要能填饱肚子就行。现在回想起来，实在是错过了太多。柳刃先生，谢谢你给老夫上了宝贵的一课。"

"不敢当，能让帮主高兴是我的荣幸。"柳刃说道。

伊之吉闭上双眼，双手合十。

"柳刃先生，感谢你让老夫尝到了这么多美味的东西。如此一来，老夫也算是死而无憾了。"

伊之吉的口吻异常郑重，让卓磨有种不祥的预感。

当天晚上十点后，卓磨进了被窝。

他已经进行了一个多月的礼数修行，但这间四叠半的房间一点都没变。屋里只有墙壁、榻榻米和一床铺盖。卓磨原本还以为自己肯定受不了这种没有电视和电脑的生活。

现在他已经不再去想这些事了。虽说要是少了手机多半还是会觉得无聊，但因为思考的时间变多了，相应地，玩手机的时间就少了。

从前卓磨只要一有空就抓着手机不放。他会定期查看新闻网站和收藏的推特[1]、博客，此外还会玩手机游戏。

现在回想起来，他觉得自己在手机上浪费了太多时间。就算跟不上时代又有什么关系？在这里生活根本不需要那些最新资讯。说到底，网上发生的事多半都不会影响到自己的生活。

要是做着与网络相关的工作还另当别论，但对大多数人来说，眼前的一切就是生活的全部。

柳刃之前也对卓磨说过，唯有亲眼所见之事，才是真相。比起那些与自己无关的人们的动向，自己该关心的，难道不应该是身边的人们吗？

虽说不上网也许会让自己在和他人聊天时找不到共同话题，但真的有必要为了共同话题而去关注那些无关紧要的资讯吗？

政治家的贪污事件、名人或运动员的丑闻、悲惨的社会新闻、匿名的诽谤中伤，除了这类话题之外什么都聊不来的人，对于自己来说才是无用的存在吧？

卓磨在被窝中整理着思绪，眼皮越发变得沉重。不知道在睡了多久之后，卓磨被一阵嗡嗡声给吵醒了。

---

[1] 推特：国外知名社交网站。

枕边的手机在振动。

卓磨睡眼惺忪地看了眼屏幕,发现是荒柿打来的电话,睡意顿时一扫而空。卓磨郁闷得不得了,但不接又不行。

他压低声音接起了电话。荒柿一反常态地用冷静的声音说道:"领袖刚刚下达了最终命令,杀了你外公。"

"哎?!"

"趁他睡着的时候用刀捅死他,在饭菜里下毒,想用什么方式都随你。不过最好还是半夜放火,连人带屋全烧了。"

"等……等一下。再怎么说,杀人也太过了吧……我下不了手。"

"别慌。干完之后,只要你去找警察自首,保持沉默,出狱后你就是大干部了。不过我想你也不是那块料,所以我会安排你偷渡到菲律宾去,你就在那儿悠闲度日吧。"

"不是,问题不在那里……"

"少废话,赶紧杀了那个老头子。"

"我……我会再试着和他交涉一次。"

"我已经听腻了你的借口。看他之前那个态度,再怎么交涉恐怕都没用吧。再说了,与其花重金买下那块地,还不如直接抢来得快。"

卓磨再次提出要进行交涉,荒柿却无视他了。

"总之,在月底之前,杀了你外公。我要说的就这么多。"

第八章

回忆是最强的调味料
母亲的味道要用心品尝

那天下午,伊之吉和海老原外出参加了社区的集会。

豆藤来到院子里,修理屋檐下的雨水管——前几天下雨时,雨水管漏水了。柳刃在房间里做着俯卧撑,火野则在不久前出了门。

卓磨趁没人注意进入了大厅。

大厅的墙边立着一座巨大的神龛,两旁挂着印有家纹的灯笼。卓磨从没在神龛前祭拜过,因此也不知道祭拜的规矩。上一次去新年参拜的时候,他还只是个高中生。

为了不让其他人听见,卓磨轻轻拍手,双手合十。

"请神明保佑,今天一天能平安过去。"

他在心中如此暗想,朝神龛行了一礼。

卓磨离开大厅,又来到佛龛前,许了和刚才一样的愿。

求助于平日里根本就不信奉的神明,这让卓磨自己都觉得难为情,但这也是他现在唯一能做的事了。今天是十一月三十日,杀死伊之吉的最后期限。

这也是决定卓磨命运的一天。然而他什么都做不了，只能束手无策地迎来这一天。

自从荒柿给自己下了杀死伊之吉的命令后，日子一天天地过去。自己绝对没办法动手杀人，这点卓磨是可以肯定的。话虽如此，如果不做点什么，不光是自己，就连梨江都会有危险。

唯一的解决手段就是让伊之吉接受拆迁。

然而在现在这个状况下，伊之吉肯定不会答应。卓磨甚至连提起交涉的勇气都没有。这几天对他来说如同噩梦一般。

柳刃每天仍旧精心制作着可口的菜肴，但卓磨根本没心情去仔细品尝。嘴巴虽然在动，意识却早已飘远，连吃了什么都回想不起来。

昨天，卓磨下定决心要和伊之吉交涉拆迁一事。这是唯一的办法，他只能死马当活马医了。

谁知道昨晚他才刚提起拆迁的事，伊之吉就叹了口气，冷漠地说："看你修行的情况，老夫还以为你终于有些长进了，没想到还是一点都没变。要是再敢提起这件事，老夫就和你断绝祖孙关系。"

伊之吉的回应让卓磨沮丧不已。

今早开始卓磨就什么都没吃，却一点都不饿。他以身体不舒服为由没有吃饭，柳刃听后一语中的地说道："只要有抛弃一切的决心，就没有过不去的坎。"

他仿佛看透了卓磨的心事一样。

事到如今，卓磨已经不在乎失去一切了，但问题是他究竟该怎么做。就算冒着被逮捕的风险找警方商量，只要还没出事，警察就肯定不会出动。把事情的真相一五一十地说出来，自己就能从重担中解脱。但这么一来，伊之吉毫无疑问会把自己逐出家门。

这其实并不是什么大问题。但如果烤串联合会发动了袭击，到时候该由谁来保护梨江？

伊之吉自身难保，柳刃和火野也指望不了。也就是说，就算自己抛下一切，问题还是解决不了。

最近卓磨只和梨江在电话中说过几次话，采购回家的路上都没和她见面。梨江也觉得卓磨的举止有些怪异。

"你怎么了？发生了什么事吗？"她在电话中如此问道。

卓磨随便找了个理由搪塞过去。

荒柿自从下令卓磨杀死伊之吉后就再也没有打来电话，沉默得让人感到害怕。鲛冢和荒柿是不可能放弃这块土地的。要是他们被警察抓住，或是被卷入某种天大的麻烦之中，自己就能从这困境中解脱了。

卓磨心怀侥幸地向神明祈祷着。这是他唯一能做的事了。

他心情沉重地开始洗衣服。突然，院子里传来了一声巨响。

他来到院子里，发现折叠梯倒了，豆藤一屁股坐在地上，皱着眉头，用手揉搓着脚腕。卓磨连忙赶到豆藤身边。

"出什么事了吗？"

"从……从折叠梯上摔下来了。俺……俺没事。"豆藤说道。他似乎稍微扭到了脚。

卓磨为豆藤拿来冰袋，冷敷脚腕。豆藤一脸惶恐，频频说着"不好意思"。

接近五点的时候，卓磨出门采购食材。

空中乌云密布，寒风刺骨，正如卓磨的心境一般。他在运动服外又披了一件军装夹克，动身前往超市。

柳刃托他购买的食材有肉糜、面包屑、洋葱、土豆和番茄。柳刃一般不会提前告诉卓磨要做什么菜，今天却一反常态地对他说道："今晚做肉饼。"

卓磨非常喜欢肉饼，现在却没有一点食欲。

"难得你一片好意，但我身体还是不太舒服……"

"是这样啊。"柳刃平静地点了点头。

卓磨买完东西，走出超市，今天也没心情打电话给梨江。听到她的声音，只会徒增悲伤罢了。

真希望今天能这么结束啊。豆藤从折叠梯上摔下来是个小小的意外，希望今天不要再发生其他坏事了。

卓磨一边这么想着一边往家里走去。突然，衣服口袋中的手机开始振动。他本以为是梨江打来的，拿起手机一看，心里却凉了半截。

"下手了吗？"一接起电话，荒柿就如此问道。

卓磨感觉喉咙越发干渴难耐。

"没有……"

"那你算是完蛋了。按照约定，把那个女人带到总部来，我会处理掉。你的惩罚之后再谈。"

"等……等等……"

"我应该告诉过你，期限是月底吧？这和高利贷的还款日一样，是没办法推迟的。还是说，你要在今晚把他给杀了？"

"这……"

"反正你肯定下不了手吧。不过我先提醒你一句，就算你想给警察通风报信或者偷偷跑路也是没用的。你要是敢背叛我们，工会的人就会把那个女人活捉过来。"

"我不会背叛工会的。但帮主再怎么说也是我的外公，请饶他一命吧……"

"你的意思是下不了手？"

"是的。"

"那我们只能采取最后的手段了。今晚我会派人去收拾你外公。你去玄关给他们开门,把他们领到你外公的卧室去。"

"可是组里还有柳刃先生,不,是柳刃一伙人……"

"你自己想办法解决。要是连这都做不到,别怪我给那个女人下药。"

"请……请饶过她吧。"

"你是要救外公,还是要救女人,现在就给我决定。明天就是一日了,要杀就只剩今晚了。"

听荒柿说明天是一日,卓磨突然有了主意。

每月一日是前任帮主的月忌日,伊之吉应该一大早就会到谷中陵园去。尽管出卖伊之吉让卓磨于心不忍,但为了保护梨江,这也是无可奈何之事。

卓磨将明天早上伊之吉会去扫墓的事告诉了荒柿。

"早晨的陵园确实不会有人碍事。你等着,我问问领袖能不能延期到明天。"

荒柿挂断电话,又立刻打了过来。

"领袖同意了。我会派人守在谷中陵园,等你外公明早一出门就马上联系我。"

挂断电话后,卓磨感到了深深的自责。

虽说是为了保护梨江，但他还是把伊之吉——自己亲外公的性命交到了别人的手上。

早在地下钱庄工作的时候，卓磨就已经下定决心要当个无情之人。为了金钱，就算把灵魂卖给恶魔也在所不惜。然而，自从在涩川组进行礼数修行之后，他的想法发生了改变。

他现在已经不再执着于金钱和奢侈的生活了。如果可能的话，他想要脱离烤串联合会，重新思考自己的人生方向。但既然已经牺牲了伊之吉，自己就再也没办法过上正常的生活了。自己已经犯下了无法挽回的大错。

祈祷失败了。尽管今天一天能够平安度过，但到了明天就会大祸临头。虽说原本就没指望过神明佛祖能出手相助，但反正都要祈祷，早知道就祈祷更长时间的平安了。

深陷绝望的卓磨在昏暗的街道上迈开了步子。

隔天早晨，天气又冷了不少。

清洗餐具时，卓磨感到脚底冰凉，寒意刺骨。大概是因为天气转凉，卓磨像是患了感冒似的四肢乏力，脑袋昏沉，不过，考虑到昨晚几乎没怎么睡，早餐也没吃，会身体不适也是可想而知的。

伊之吉没有手机，卓磨没办法和他取得联络。

快的话，只要再过二十分钟，伊之吉就会被烤串联合会的人杀死。那之后自己无论落得什么下场，都会抱恨终生——背负着不可磨灭的伤痕，行尸走肉般地度过每一天。

要是未来的自己见到了现在的自己，会说些什么呢？他一定会告诉自己现在该做些什么。该做的事，只有一件。

"现在立刻去救他！"未来的自己在脑海中朝卓磨呐喊道。

一听到这个声音，卓磨的身体就动了起来。他迅速套上鞋，连外套都没穿就冲出了玄关。

他来到大街上，招来一辆出租车，钻进车里，对司机说道："谷中陵园。快点！"

听到这奇怪的目的地，中年司机有些疑惑，但在卓磨抓着驾驶座反复催促之后，还是不情不愿地发动了引擎。

幸好还没到上班高峰期，路上车辆很少。

约十五分钟后，卓磨在谷中陵园的入口处下了车。出乎卓磨意料的是，这个陵园比他想象中还要大，他根本找不到伊之吉。

道路两旁立着一排樱树，枝叶早已凋零，灰色的墓碑延绵不绝。太阳已然升起，空中却还是乌云密布，四周昏暗无比。

卓磨毫无头绪地奔跑在空无一人的墓地中。

突然，树丛的另一边响起了男人的怒吼声。卓磨朝声音的源头跑去，看见了一个被墓碑包围的广场。伊之吉站在广场中央，七八个年轻男人围绕在他身边。

所有人都身穿黑色或迷彩图案的风衣,手持金属球棒、铁棍或菜刀一类的凶器。毫无疑问,这些人都是烤串联合会的成员。一个个看上去都还不到二十五岁,卓磨没有看到任何熟悉的面孔。

伊之吉紧绷着伤痕累累的脸,握着手杖,径直对准前方。两个男人倒在他的脚边,满脸是血,看样子是被伊之吉打的。男人们挥舞着武器,缓缓逼近伊之吉。

"住手!"卓磨呐喊着,冲进人群。

伊之吉看了一眼卓磨,但什么都没说。

"你是哪根葱?"

"不能留下目击者。把他也杀了!"

男人们的怒吼声此起彼伏,包围圈逐渐缩小。卓磨强忍着恐惧,举起拳头,却被伊之吉推到一旁。

"你给我一边去!"

伊之吉挡在卓磨身前,挥动了手杖。

手杖打中一个男人的手腕。男人发出哀号,手中的铁棍应声落地。

然而,另一个男人却冲上前来,将菜刀砍向伊之吉的脑袋。伊之吉的白发瞬间染上了鲜血。接着,另一个男人挥舞着金属球棒,打中伊之吉的肩膀。重击让伊之吉单膝跪地,手杖飞了出去。

这么下去,他会死的!

卓磨拼了命地冲出去,挡在伊之吉面前,展开双手。

一根金属球棒直击卓磨的上腹部,一阵剧痛袭来,五脏六腑仿佛都要碎裂了一般。他弓起身子,用手按住腹部。

男人们气势汹汹地一齐聚了上来。

完蛋了。强烈的恐惧让卓磨不禁用手护住了脑袋。

"够了,到此为止!"

突然,洪亮的声音从男人们的身后传来。男人们一脸诧异地回过了头。

身穿皮大衣和牛仔裤的火野站在那里。

为什么火野会在这里?卓磨忘记了腹部的疼痛,目瞪口呆地看着他。火野将双手插进皮大衣的口袋里,带着笑意说道:"喂,你们这群臭小鬼,在这种地方搞事,不怕被埋进地里去吗?"

"你活腻了吗?!"

"你也跟他们一起死吧!"

男人们纷纷发出怒吼,冲向火野。

"嘿,等一下。"

火野这么说着,将右手从皮大衣的口袋中抽了出来。

他的手上握着一把又黑又亮的左轮手枪。

男人们迟疑地停下了脚步,但很快,其中一个男人就破口大骂道:"别把我们当猴子耍。你以为掏出那种玩具来,我们就会怕你吗?!"

火野将右手举高,按下了扳机。

震耳欲聋的枪声立刻响彻了四周。男人们一脸僵硬地面面相觑,拖着倒在地上的同伙,一溜烟地逃走了。

卓磨如释重负,深深松了一口气,对火野说道:"谢谢你救了我们。但你为什么会来这里?"

"为什么?还不是因为见你脸色不对劲,我才跟着你到了这里。先不说这个了……"

火野朝还跪倒在地上的伊之吉抬了抬下巴。

卓磨连忙扶住伊之吉的肩膀,伊之吉却甩开了他的手。

"恶心死了。别乱碰老夫。"

伊之吉晃晃悠悠地站起身来。见伊之吉的气势分毫未减,卓磨松了口气。

"您没事吧?要不我还是报警吧?"

"蠢货!哪有黑帮找警察帮忙的?!"

"那……那就叫救护车……"

"这点小伤,不足挂齿。去梨江的医院看看就行了。"

当天晚上，卓磨垂头丧气地坐在起居室里。

海老原、豆藤和他坐在一起，两人的表情也十分阴郁。

拉门被打开，前去查看伊之吉情况的梨江回来了。

"睡得正香呢。血也止住了，应该没什么大问题。"

房间中传来伊之吉的鼾声。

墙上时钟的时针指向六点。

平时这个时候已经是晚餐的时间了。柳刃和火野刚才似乎在伙房里做了些什么，但或许是见房间中气氛不对，迟迟没有将饭菜端上来。

今早离开谷中陵园后，卓磨和火野一同将伊之吉扶上出租车，来到梨江工作的医院。因为受伤的原因难以启齿，两人便对医生谎称伊之吉是从楼梯上摔了下来。医生初步判断伊之吉的伤势并无大碍，但还是建议他前往综合性医院进行更加细致的检查，以防万一。

"有什么可检查的？去大医院，等排队排到人都死了。"

伊之吉强硬地拒绝了医生的建议。

然而他最终还是被梨江说服，不情不愿地去了一家综合性医院。火野在这时回了组里，留卓磨一人在医院陪伴伊之吉。正如伊之吉所说，医院里挤得水泄不通，每做一项检查都得等上好长时间。

照理来说，伊之吉本该疑惑卓磨为何追着他来到了陵园。然而待在医院的时候，他却闭口不提这件事，只是一个劲地发着牢骚。

"那群臭小鬼，要是敢再来，看我不打得他们落荒而逃。"

"看看伤口就好了，为什么还要抽血？"

两人一起坐在等待区的长椅上时，荒柿打来了好几个电话。

卓磨心想，现在再和他解释也已经于事无补，索性关了机。但每每回忆起被一群男人袭击时的恐怖，他还是不由得心跳加速。刚才多亏火野，两人捡回了一条命，但烤串联合会一定不会就此罢休。

得知今早袭击失败的消息，鲛冢和荒柿一定气疯了。这次袭击让工会颜面尽失，下次他们一定会做好万无一失的准备。

究竟该如何挡住他们的攻势？就在卓磨拼命思考的时候，他突然想起了柳刃的那句话。

"只要有抛弃一切的决心，就没有过不去的坎。"

这时，卓磨在心中做了个决定。

临近五点，伊之吉终于做完了所有的检查。

虽然血检和尿检的结果要过几天才能出来，但看到CT和X光片的结果没有任何问题，卓磨松了口气。不过，看到因头部失血过多而缠上了好几圈绷带的伊之吉的脸，他还是感到心痛不已。

两人大约在半个小时前搭乘出租车回到了组里。

可想而知，伊之吉早已疲惫不堪，回家没多久就躺下了。下班的梨江因为担心伊之吉的病情，在不久前赶到了组里。

尽管事情的真相仍未败露，但随着时间的流逝，卓磨的罪恶感越发强烈，甚至已经羞愧得不敢正眼看大家了。为什么自己会到谷中陵园去？大家应该都心存疑问，却都没有开口发问。

柳刃和火野从伙房回到起居室，在矮桌前坐下。两人身穿黑西装，像是准备要出门的样子。柳刃脸色凝重地说道："让帮主独自一人去扫墓是我疏忽了。我还以为烤串联合会若是要袭击，肯定会挑帮主在组里的时候。"

豆藤双手掩面，啜泣了起来。

"都……都怪俺扭到了脚，没能保护帮主……"

"你和我就算跟帮主一起去了陵园，也只有挨打的份。真是多亏卓磨少爷和火野先生救了帮主。"海老原说道。

"哎？！"梨江睁大了双眼，"伊之吉先生不是因为从楼梯上摔下来才受伤的吗？"

"明面上是这么说的，但实际上……"

听海老原解释完来龙去脉，梨江叹了口气。

"原来是这么一回事。可是，为什么卓磨大哥会到陵园去……"

终于还是有人问出了这个让卓磨害怕已久的问题。

所有人的视线都集中在卓磨身上,他感到了撕心裂肺般的痛苦。

分明在医院就已经下定了决心,事到如今却又犹豫了。然而,他已经不忍心再欺骗大家。卓磨缓缓抬起头,说道:"有件事我一直瞒着大家。我其实是烤串联合会的一员,和之前来过这里的鲛冢、荒柿,以及今天袭击帮主的人是一伙的。"

卓磨能感觉到梨江倒抽了一口凉气。他继续说道:"在来到涩川组之前,我是烤串联合会旗下的一处地下钱庄的店长。之所以在涩川组修行礼数,是因为鲛冢下令让我说服帮主接受拆迁。他以为只要身为外孙的我出面,帮主就会欣然允诺……但交涉失败了,我也被逼上了绝路。他们告诉我,如果我不杀了帮主,就要对梨江下手……"

将一切坦白后,卓磨端正地跪坐在众人面前。

他双手着地,低下脑袋,将额头贴在榻榻米上,说道:"欺骗了大家这么久,实在是万分抱歉!我之后会去自首,将烤串联合会所做的一切告诉警方。还请……还请大家原谅我的所作所为!"

"卓磨大哥,"梨江开口道,"谢谢你说出真相。行了,快把头抬起来吧。"

"骗了你这么久，真的非常抱歉。"

泪水涌上了卓磨紧闭的双眼。

"虽然知道你和烤串联合会有所瓜葛让我有点不开心，但你之所以这么烦恼，都是在为我着想吧？尽管你出卖了伊之吉先生，但最后不还是去救他了吗？请不要太过自责了。"

"卓磨少爷，"海老原说道，"谢谢你把一切说出来。请快抬起头来。"

卓磨依然将额头贴在榻榻米上，摇了摇头。

"就算没有卓磨少爷，烤串联合会肯定也会为了拆迁一事袭击帮主的。多亏有您在，帮主才幸免于难。"

"俺……俺也是这么觉得的。俺……俺求您了，快把头抬起来吧。"

听豆藤这么说，卓磨诚惶诚恐地抬起了头。

他立刻同柳刃对上眼，愧疚地垂下了脑袋。

"你一会儿要去自首，对吧？"柳刃像是在确认似的问道。

卓磨有气无力地点了点头。

"是的。"

"那就吃过了饭再去吧。"

"哎？"

"各位也一起吃吧,算是给卓磨饯别。"

现在根本不是吃饭的时候,但听柳刃说这是饯别的晚餐,卓磨还是无法一口回绝。而且他已经好几顿没吃,早就饿了。

众人纷纷同意了柳刃的提议。火野去了趟伙房,将晚饭端上了桌。卓磨本打算起身帮忙,却被柳刃制止了。

看到上桌的菜肴时,卓磨睁大了眼睛:斜切的鱼肉香肠炒卷心菜,裹了红香肠的鸡蛋卷,通心粉沙拉,加入了小鱼干和面筋的味噌汤,撒上了饭素的白米饭。

菜品和平常相比有些简朴,但卓磨记得,这样的饭菜自己曾经吃过无数次。母亲的身影从记忆深处浮现了出来。

卓磨小时候家境贫穷,母亲从不买高级食材。但只要卓磨开口,她总会尽可能地满足儿子的要求。

卓磨从小就很喜欢吃鱼肉香肠炒卷心菜和红香肠鸡蛋卷,饭素和通心粉沙拉的味道他也很喜欢。味噌汤中加入小鱼干和面筋也是卓磨家特有的做法。

世界上真的会有这样的巧合吗?感到不可思议的卓磨拿起筷子尝了尝,怀旧之情令他不禁热泪盈眶。鱼肉香肠的盘子里挤上了番茄酱和蛋黄酱,饭素是紫苏味的——连这些细节都一模一样。

鱼肉香肠软嫩弹牙,充满鱼肉的鲜香。光是加入卷心菜稍加炒制再撒上椒盐就已经非常美味，若是蘸着番茄酱和蛋黄酱吃，甚至可以称得上是一道珍馐了。

卓磨小时候总让母亲煎红香肠给自己吃。切花刀的香肠光是配上椒盐和蛋黄酱就非常好吃。为卓磨制作学校远足的盒饭时，母亲似乎是想让菜品好看一些，将香肠包裹在了鸡蛋卷里。

紫苏味的饭素口感清爽，吃多少都不会腻。即便是配菜不多的时候，只要有饭素，卓磨就能吃得很开心。

通心粉沙拉中只有通心粉、罐装金枪鱼和洋葱。调味依旧是椒盐和蛋黄酱，但因为加入了少许的黄芥末酱，沙拉口感微辣，令人食欲大增。

母亲煮味噌汤时，从来不把用于制作汤底的鱼干捞出，而是直接留在汤里。起先卓磨接受不了鱼干的样子和那粗糙的口感，总是剩，但母亲说："不能剩，得补充钙质才能长得壮。"

听母亲这么说，卓磨才尝试着吃起了鱼干。配料之所以总是面筋，大概是因为价格便宜吧。

每道菜的味道都和小时候吃过的如出一辙。

这无论如何都不可能是巧合。

卓磨吃到一半，停下了筷子。

"为什么……为什么你会知道我的母亲为我做过什么菜？"

"有人告诉我的。"柳刃说道。

"是谁？除了我和老妈之外，应该没有别人知道才对……"

"是帮主。"

"怎么会……这不可能。当年帮主一直就没和老妈见面。她到底是什么时候告诉他这些事的？"

"不是你老妈告诉帮主的。是你。"

"哎？"

"今天学校里发生了些什么，昨晚在家里吃了些什么——你曾经把这些事告诉过某个人吧。"

柳刃出乎意料的回答让卓磨一时语塞。

这些话除了对母亲，卓磨只对一个人说过。

但那是不可能的。根本就没人知道他和那个人——那个"叔叔"有着每周碰面的约定。

"哎呀，我不管了！"海老原不耐烦地大声说道。

"虽然帮主说过，要是我把这件事说出去，就要把我逐出涩川组，但我已经忍不下去了。在十八年前，帮主每周日都会去见上卓磨少爷一面。"

卓磨像是吃了一记当头棒喝，震惊不已。

"十八年前，是我读小学三年级的时候吗？"

"是啊。帮主不希望别人看到自己的外孙和黑帮有往来，总是乔装一番之后才去和您见面。戴上假发和眼镜，甚至还在肚子里塞毛巾……"

"难不成,那个叔叔就是……"

话到一半,卓磨摇了摇头。

那个叔叔绝不可能是伊之吉。卓磨吞了吞口水,说道:"就算再怎么乔装,也不可能改变得了体形和长相吧?"

"为了让个子看上去更高,帮主特意穿上了鞋底加厚的鞋子。至于长相……"海老原突然停住,吸了吸鼻子。

"那段时间,涩川组正好和山盛组的下属团体起了争执。帮主力求和平解决,只身一人前去谈判,却险些死在对方手上……"

伊之吉击退了前来袭击的黑帮,却因为导致多人身受重伤,被冠上了防卫过当的罪名。伊之吉当时说,希望在自首前能再见到外孙一眼。

海老原用手蹭了蹭鼻子,说道:"那天刚好也是星期日。帮主去公园等卓磨少爷,附近的家庭主妇却把他当成了可疑人物,报了警。警方当场逮捕了他。"

卓磨回忆起叔叔在公园前被警车带走的情景。

伊之吉在入狱后,自己用木工刀具在脸上划下了无数伤口。那两道横穿整张脸的叉字形伤痕,就是那时候留下的。

"他……他为什么要那么做……"

"帮主说,是为了有朝一日再次见到卓磨少爷时,不被您认出自己就是当年公园里的那个叔叔……"

"居然为了这样的理由，在脸上留下了那样的伤……"

"帮主其实一直都很挂念卓磨少爷的母亲绫子小姐。他性格如此，虽说没在葬礼上露面，却为绫子小姐做了牌位，每日供奉。"

佛龛里的那块牌位果然就是母亲的。

热泪从眼眶中溢出，顺着脸颊流下。伊之吉笨拙的爱让卓磨感到无比温暖。他拼了命地咬紧嘴唇，却还是忍不住呜咽起来。

卓磨在泪眼蒙眬之中看见梨江伸手擦拭着自己的眼角。海老原吸着鼻子，豆藤止不住地啜泣。

柳刃风卷残云地吃完了晚饭，抽出一根烟，离开了座位。

"该死，这不喝酒怎么行？"

火野如此嘀咕着，动身前往伙房。

晚饭过后，起居室陷入了沉默，气氛凝重不已。

能听见的只有海老原吸鼻子的声音、豆藤啜泣的声音和伊之吉打鼾的声音。火野将日本酒倒进玻璃杯中，独自一人喝了起来。梨江像是在忍耐着什么似的，咬紧嘴唇，低头看着榻榻米。

大哭一场之后，卓磨的心情舒畅多了。将一切挑明后，他感到胸口轻松了不少，把盘中的食物吃了个精光。

不知不觉，时间已经过了八点。

差不多该去警察局了。虽然不知道自己的罪有多重，但卓磨已经下定决心要将一切全盘托出。

这么一来，自己多半会被烤串联合会视为叛徒，遭到追杀。不过，如果一切顺利的话，鲛冢和荒柿会被送进监狱，拆迁计划也将中止。

"只要有抛弃一切的决心，就没有过不去的坎。"

柳刃说的"抛弃一切"，就是奋不顾身的意思吧。虽然不知道这么做是否正确，但正是因为卓磨放弃了个人利益，放弃了自保，眼前才出现了这么一条活路。

正当卓磨打算告别梨江的时候，玄关的玻璃门被粗暴地打开，发出了一声巨响。现在时间还早，大门还没锁上。到底是谁？

卓磨不安地站起身。这时，过道上传来一阵脚步声。从声音判断，来者甚至连鞋都没脱。不久之后，鲛冢和荒柿就冲进了起居室。

鲛冢披着黑色皮毛大衣，荒柿穿着蛇皮西装。海老原猛地站起身，豆藤则跌跌撞撞地冲向伙房。

火野仍旧保持着盘腿坐的姿势，一口饮尽杯中的酒。

"你们来干什么？把鞋脱了！"

"我们来进行最后的交涉。是交出这块地，还是死在这里？选吧。"鲛冢说道。

荒柿瞪着卓磨，说道："竟敢背叛工会，你这辈子算是完了。"

"就是你们派人把伊之吉先生打成那样的吗？"梨江这么说着，站了起来。

荒柿对此嗤之以鼻。

"是又如何？对了，你们知道吗？卓磨其实是我们工会的人，为了拆迁的事而潜入涩川组的。是不是把你们骗得团团转了？"

"我知道。但卓磨大哥已经不是你们中的一员了。"

"贱人，你就跟卓磨一起下地狱吧。"

"住手！这与她无关！"卓磨大喊着，挡在梨江面前。

"逞什么英雄啊，蠢货？"荒柿笑道，"对了，炭冈已经被我们活捉了。他把从你们事务所偷走的五百万日元挥霍一空了，现在被吊在仓库里，过一会儿就让你见见他。你跟这个女人都会跟他吊在一起。"

"开什么玩笑？我不会让你得逞的！"卓磨鼓起勇气怒吼道。

这时，柳刃回到了屋里。

"你们来了。"柳刃这么说着，露出窃笑。

鲛冢将粗壮的脖子扭得咔嚓作响。

"柳刃，对吧？你也别想活着回去。"

"你打算杀这么多人啊。做好被判死刑的准备了吗？"

"法律束缚不了我们。"

突然，豆藤拖着一只脚，从伙房走了出来，手上拿着一把厚刃菜刀。豆藤坐在地上，双手握着菜刀，刀刃朝上。

"浑……浑蛋！竟敢对帮主出手！"

这是卓磨第一次听到豆藤的怒吼声。

卓磨曾听说，将刀刃朝上是为了增加杀伤力。虽说豆藤平日里温顺老实，但毕竟是黑帮，这点知识还是有的。

正当豆藤打算将菜刀刺向鲛冢时，海老原抓住了他的肩膀。

"快住手。刺到这种人渣，菜刀会被弄脏的。"

"啊哈哈哈！"鲛冢仰头大笑，"就你这么个臭老头，刺得中我吗？"

"他不会拿菜刀刺你。"柳刃说道，"但派人袭击帮主一事的债，你可得给我乖乖还清才行。你的同伙，还有和你勾结在一起的生意人也是一样。"

"生意人？听不懂你在说什么。"

"是吗？"

柳刃歪着脖子，报出了一个外资基金公司的名称。那是一家篡夺了数家企业，上过好几次媒体报道的恶劣公司。

"就是他们托你处理这里的拆迁事宜的吧。"

柳刃的话让卓磨恍然大悟。原来他们在寻找的外国人，就是那家外资基金公司的人啊。

"够了！"鲛冢脸色骤变，怒吼道，"跟你说话也只是浪费时间。今晚你们全都得死！"

"你这话是认真的吗？"

"当然了。这里已经被我们的人包围了。"

火野急忙看了眼窗外。

"人数很多，已经完全被包围了。"

卓磨心想大事不妙，柳刃的表情却毫无变化。

"大概有多少人？"

"至少五十个。你们已经无处可逃了。"荒柿一脸得意地说道。

"才五十个人吗？"柳刃嘀咕道，"根本不够看啊。"

"你这浑蛋，在小看我们吗？！"鲛冢怒吼道。

荒柿怒火中烧地说道："他只不过是在逞强罢了。你们的人全在这里了吧。"

"乍一看确实如此，但我们的人，其实比你们要多得多。"

"哦？"鲛冢抽动着嘴角，"有多少人，你倒是说说啊？"

"二十七万人。"

"你在说什么蠢话？"

"二十七万是全国的人数。不过光是东京，也有四万六千人。"

就在这时，四周响起了警笛声，声音迅速逼近。那是无数警车同时发出的声音，数量绝对不止一两辆。

鲛冢和荒柿狼狈地面面相觑。鲛冢的脸色顿时变得凶狠无比。

"你这浑蛋,难不成是……"

"你终于反应过来了吗?被包围的,可是你们啊。"

"你们已经出不去了。"火野说道。

卓磨目瞪口呆地盯着柳刃和火野。他坚信两人是黑帮,没想到却是个天大的误会。

"警戒线已经布置好了,束手就擒吧。"柳刃说道。

鲛冢的眉头挤满了皱纹。

"你们之所以寄宿在这里,就是为了把我们引到陷阱里吧。"

"是啊。我们原本在追查那家公司,没想到千载难逢地遇上了能将烤串联合会一网打尽的好机会。"

"该死的!"鲛冢怒吼道,将毛皮大衣扔在地上。

警笛声在非常近的位置停了下来。外头传来了扩音器启动的哔哔声。

"我们是警视厅[1]的人。聚集在这附近的各位,你们的所作所为已经构成犯罪。立刻丢掉凶器,束手就擒。如果不肯配合的话……"

扩音器的声音被男人们的怒吼盖了过去。

---

1 警视厅:管辖日本首都东京治安的警察部门。

鲛冢拨弄着长发,盛气凌人地说道:"事已至此,我认输了。但唯独你,我决不放过。有种就跟我单挑啊!"

"可以。我们出去打。"

"那可不行。只要一出去,等着我的就是手铐。跟我过来。"

鲛冢这么说着,拉开拉门,走进大厅,荒柿紧随其后。

柳刃和鲛冢在大厅中央针锋相对。海老原、豆藤、梨江和卓磨屏息凝神地看着两人。

鲛冢扭动着呈倒三角状的上半身,炫耀着自己的肌肉。

"我要上了,浑蛋!"

伴随着一声怒吼,鲛冢的拳头朝柳刃的脸上飞去。

柳刃以分毫之差躲过鲛冢的拳头,迅速抓住他的手腕,将他摔了出去。

鲛冢立刻站起身,使出一记强而有力的擒抱。

眼看着就要被鲛冢撞上时,柳刃侧身躲过了他的攻击。乍一看只不过是攻击被躲过罢了,鲛冢却不知怎的摔了个跟头,仰面朝天,后背撞上了榻榻米。

"该死。怎么搞的?"

鲛冢喘着粗气站起身,白皙的脸涨得通红。

"光看力量的话,你比我要强得多。所以,我并不打算靠力量与你抗衡。我只要一味地化解你的力量就行。"柳刃说道。

"少废话！"鲛冢怒吼道，"吃我这招！"

鲛冢跳跃到惊人的高度，使出一招飞踢，脚尖直击柳刃的胸口。出乎意料的是，反倒是鲛冢摔得趴在了地上。

柳刃单脚踩住鲛冢的后背，将他的右手反扭到身后。

"我明明就比你强……"

"柔能制刚，弱能制强。这也是天理。"柳刃说道。

鲛冢扭过头，苦闷地问道："这……这是什么意思？"

"意思是，水要比钢铁来得更强。"

"水……水有什么强的？"

"水自高处往低处流，受到冲击便会飞溅开来。受热便蒸发，受冷便凝结，一切都随对方的意。然而滴水终将汇成一道洪流，暴发之时，就能击碎岩石，冲垮山坡。柔弱之物，才是最强的。"

柳刃这么说着，从腰间的手枪皮套中取下手铐。

"鲛冢胜彦，现以教唆杀人、恐吓、准备凶器及非法入侵的罪名将你逮捕。"

手铐被铐在了鲛冢的手腕上。这时，一直站在墙边的荒柿从上衣怀里掏出一把折叠刀，发出一声大喊。

"去死吧！"

他双手握着折叠刀，朝柳刃冲去。

火野立刻从一旁冲出，撞上了荒柿。

荒柿被火野撞飞,倒在神龛下。他还想起身,一把木刀却打在了他的头顶。荒柿翻着白眼,仰面朝天地昏倒在地。

"老夫睡得正香,吵什么吵?该死的畜生!"

手持木刀的伊之吉如此说道,一脚踢在了荒柿的脑袋上。

尾声

侠义之士当尝人生百味

除夕当天下午,卓磨在伙房炖煮着对虾。

这虾要留到明天才吃,不过将汤汁放凉,腌渍一会儿,虾会更入味。一旁的豆藤正在铁网上烤着鲕鱼片,似乎是打算之后涂上酱汁,做成照烧口味。

卓磨在准备年菜。当然,他知道光凭自己的力量是做不好的,因此他拜托豆藤传授诀窍,一同制作。两人在昨晚就提前将青鱼子泡水去除盐分,将黑豆和香菇干泡发,今天终于进入了正式的烹饪环节。

按往年的习惯,今年的跨年荞麦面也会让外卖送来。

这几天为了迎接新年,卓磨忙得不可开交。

卓磨平日里打扫的时候就已经非常认真了,然而年底的大扫除还是花了平常好几倍的时间。此外,他还在壁龛里放上了圆年糕作为装饰,在神龛前挂起稻草绳,供上敬神酒,在佛龛前供上年糕,在玄关挂起稻草绳作为装饰……要做的事情太多,忙都忙不过来。

从早到晚地干活令卓磨每天都感到疲惫不已,但他的心情非常舒畅。

回想起那段令人郁闷的日子,眼前的这些杂活根本算不上什么。卓磨没想到一旦将亏心事坦白,心情就能变得如此轻松。

到了明天,柳刃和火野就离开涩川组整整一个月了。

那天晚上,两人将鲛冢和荒柿交到了在屋外等待的警察手上,之后回到了组里,向伊之吉等人道谢。

"承蒙各位照顾多日,实在感激不尽。多亏各位的协助,我们才能顺利完成任务。"

柳刃如此说着,鞠了一躬。

"该道谢的是老夫。柳刃先生不光为我们做了这么多顿美味的饭菜,还保护了涩川组免受烤串联合会的侵害。老夫的感激之情实在是无以言表……"

"不敢当,还是要感谢各位对我们调查的协助。只不过,关于我们的事,希望各位保密。"

"老夫明白了。我们一个字都不会说的。"

伊之吉向柳刃鞠了一躬,海老原和豆藤也跟着低下了头。

"不过,"海老原说道,"还真没想到两位是干这一行的。我还以为两位铁定是道上的侠义之士……"

"不，所谓侠义，即是锄强扶弱，惩奸除恶。从这点来说，我们也算是道上的人。"柳刃说道。

"那……那个……"豆藤一脸担忧地说道，"俺……俺们会受到什么惩罚吗？"

"不会。涩川组原本就没有被警方归为暴力团体。"

"啊哈哈！"伊之吉笑道，"我们涩川组可是不给世人添麻烦的真正的黑帮啊。"

"要是世间的黑帮都和涩川组一样，我们恐怕就要失业了。"火野说道。

"卓磨，"柳刃看向卓磨，"其实你原本是我们的调查对象。我们也在调查关于地下钱庄的问题。"

"我明白了。我会马上去自首的。"卓磨如此说道，柳刃却摇了摇头。

"你在我们面前把事情全盘托出，相当于自首了。之后或许会有人找你做笔录，不过我们是不会逮捕你的。"

"哎？！那意思是说，我从现在开始……"

"在帮主原谅你之前，你就在这里认真修行礼数吧。不管花上多少年，都得给我坚持下去。这是你应受的惩罚。"

卓磨咬着嘴唇，用手擦了擦眼角。

"真是太好了，卓磨大哥。"梨江哽咽地说道，将手放在卓磨的肩上。

"那么,我们就此告辞了。"

柳刃如此说完后,便开始往回走。火野在向众人点头致意后,也转身离开。

"我们……我们应该……还能见面吧?"卓磨说道。

柳刃头也不回地应道:"这我可不清楚。别管我们了,你该做的事是去寻找答案。"

"寻找答案……"

"你之前不是问过我吗?'人是为了什么而活着?'"

直到今天,只要卓磨一想起柳刃和火野的背影,胸口都会发热。

多亏两人的努力,以领袖鲛冢为首的烤串联合会的干部被一网打尽。媒体报道称烤串联合会所犯的罪行实在是罄竹难书,害警方在取证时费了不少功夫。虽说烤串联合会还有一些残党逍遥法外,但他们已经无法干出原本那样大规模的犯罪了。

最近开始,委托烤串联合会进行拆迁工作的外资基金公司也受到了彻查,看样子很可能会演变成一出震惊世间的政界丑闻。

到了傍晚,卓磨才终于做完了年饭。

他走进自己的房间,脱掉运动服,换上毛衣和棉裤,披上熟悉的军装外套。

之后，他将一个砖头似的方形包裹装进纸袋中，走出了房间。他已经提前向伊之吉征求了外出的许可。

他打算在跨年的时候和梨江一起去神社进行年初参拜。这是卓磨自礼数修行以来第一次正式的约会，他感到雀跃不已。

不过，在迎接新年之前还有些事得做。

卓磨在玄关穿好鞋，拉开玻璃门，只见一辆熟悉的车停在了门口。那是一辆蓝色翼豹，车身上喷着动漫人物图案的喷漆。

驾驶座的窗户降下，一脸疲惫的桶谷探出了脑袋。

"终于找到你了，店长。好久不见。"

"你在这里干什么？还有，我已经不是店长了。"

"听说是黑帮，我还以为会是栋大楼，结果居然是栋普通的民宅。这找得到才有鬼啦。"

桶谷说，他从一大早就开始在找涩川组了。卓磨询问原因，桶谷答道："你知道我被炒鱿鱼了吧？"

"是啊。我联系了你好几次，电话根本打不通。"

"烤串联合会的干部担心我找警察告密，把我的手机给没收了。后来我又因为拖欠房租被从公寓里赶了出来，现在连个住的地方都没有了。没办法，只好把之前事务所的车子偷来用……"

桶谷说自己现在晚上睡在翼豹里，靠白天给人打零工过活。卓磨的脸上露出苦笑。

"真是太惨了。不过,你为什么要找涩川组?"

"我听说店长你现在在一个黑帮里,想找你帮忙……"

"都说了,我已经不是店长了。而且,涩川组不是你想象中的那种黑帮,恐怕我是帮不了你什么忙。"

"别这么说嘛,快救救我吧。最近我连打工的工作也丢了,从昨天开始就什么都没吃。"

卓磨双手抱胸,陷入了思考。突然,他有了一个主意。

"行吧。我正好要出门,你送我一程。"

"可以,但你肯帮我吗?"

"之后再告诉你。快让我上车。"

翼豹被停在了住宅区的一处临时停车场内。

卓磨已经好久没坐过这辆所谓的"痛车"了,路人的视线让他感到羞耻不已。

卓磨和桶谷下了车,开始步行。卓磨的手上拿着纸袋。

桶谷环视四周,说道:"这里是竹之冢车站附近吧?"

"是啊。"

"我记得我们之前来这里催过款。你来这里是有什么事吗?"

"就是因为有事才来的啊。"

两人穿过公园,来到一栋肮脏的二层公寓楼前。布满枯萎爬山虎的墙面上挂着一块招牌，招牌上是手写的"若草公寓"四个字。

桶谷见到入口前生锈的自动售货机，"啊"地大叫了一声。

"我想起来了。这里是那个名字超级非主流的小鬼的家，对吧？叫什么来着……"

卓磨默不作声，踩上了锈迹斑斑的楼梯。他穿过到处散落着空瓶和枯叶的走廊，在最靠里的 206 号室前停下了脚步。

信箱中依然塞满了大量疑似账单的信封和明信片。

"什么嘛，"桶谷说道，"我还以为你跑去当黑帮了，没想到还是在做高利贷啊。"

"闭嘴。你给我在这里等着。"

"有您的包裹。"卓磨敲了敲门，用开朗的声音说道。

大门咯吱作响地打开，小薪圣子从门后露出了憔悴的脸。她今天仍旧穿着荧光粉色的运动服，头发乱蓬蓬的。圣子一看到卓磨的脸，就露出惊恐的表情，想要把门关上。

卓磨迅速地将脚伸进门里，把门顶开。

"你干什么呀？！我已经不欠你们钱了吧？！"圣子用尖锐的声音说道。

卓磨对此视若无睹，脱下鞋子进了屋。

屋里脏乱无比，看样子是有一段时间没打扫过了。小小的桌子上放着两碗天妇罗荞麦杯面,还冒着热气。

矮桌对面坐着一个眼熟的少年,手上握着一双一次性筷子。

"嗨,柔斗小朋友。"

他笑着朝柔斗挥了挥手,少年却一脸警戒地盯着他,一言不发地吸着面条。

"柔斗真是个好名字呢。"

"真的吗?"

柔斗一脸吃惊地停下了筷子。

"可是在学校里,大家都嘲笑我。"

"你不用管他们。柔弱的东西才是最强的。"卓磨说道。

圣子冲到他身边:"我不知道你是来干什么的,但麻烦你别和我儿子说话。"

"别担心。我只是想把这个送过来而已。"

圣子一脸诧异地接过了卓磨递来的纸袋,从纸袋中取出长方形包裹,撕开包装纸。她的脸色瞬间变了。

"等一下,这是什么东西?"

"看了不就知道了吗?是钱啊。"

"可……可是,怎么会有这么多……"

"一共是五百万日元。但这钱不是给你的,是给柔斗的。"

"给柔斗?"

"没错。用这笔钱过上像样的生活吧。"

圣子用手捂着嘴,眼眶泛泪。

"你听好了,"卓磨继续说道,"这笔钱只能用在这孩子身上。你要是敢把钱拿去打弹珠、赌马,或是重操旧业去做应召女,当心我打断你的腿。"

圣子抽泣着,连连点头。

在卓磨走出房间的时候,身后传来了一声"谢谢你"。

他回过头,发现柔斗站在门后,脸上露出天真无邪的笑容。

"叔叔,你叫什么名字?"

"我吗?"卓磨弯下腰,露出微笑,"我的名字叫'叔叔'哦。"

"我全都看到了,你到底在干什么啊?为什么要把五百万日元给那种女人……"刚出公寓,桶谷就如此问道。

卓磨快步走着,说道:"那是我靠放高利贷赚来的钱,是我不应该拥有的钱。所以我必须得洗钱。"

"洗钱?"

"没错。这笔钱如果是花在那孩子身上,就能变成干净的钱。所谓善有善报嘛。"

"我是不太懂啦,"桶谷歪着脖子,"但既然你要把钱给那个女人,那稍微留点给我也没关系吧……"

"不行。不过，我会给你一份工作。"

"真的吗？什么工作？"

卓磨一语不发地走着。

两人来到临时停车场，坐上翼豹。车子很快就开动了。桶谷握着方向盘，问道："你就别卖关子了。到底是什么工作？"

卓磨强忍着笑意，回答道："别急。你很快就会知道了。"

回到涩川组后，卓磨立刻把桶谷介绍给了伊之吉。

坐在壁龛前的伊之吉一脸凝重地抱着胳膊，左右两边坐着海老原和豆藤。卓磨双手压地，说道："拜托了，请您收留他吧。"

"唔……"伊之吉盯着桶谷，"这家伙跟你一样，一副不中用的样子。不过，组里也确实缺少新人。如果你愿意好好管教他，倒也不是不能让他留在组里。"

"非常感谢。"卓磨郑重地行了一礼。

伊之吉点了点头。

"再去叫一份跨年荞麦面。"

"好。"豆藤答道。

桶谷一脸莫名其妙地眨巴着眼睛，被卓磨用力地拍了下脑袋。

"蠢货！还不快向帮主行礼。"

卓磨脱口而出，说话的口吻变得像伊之吉一样。

侠义之士当尝人生百味　　215

桶谷战战兢兢地低下了脑袋。

"店……店长,这之后我是……"

"都说了,我已经不是店长了。从今天开始,你就是我的小弟了。"

"小弟?"

"没错。从今往后,你得管我叫大哥。"

"这是没问题,但到底要我做些什么啊?"

"和我一起修行礼数。"

"时……时薪是多少?"

"还想着要拿钱?做梦吧你!"

卓磨再次拍打了桶谷的脑袋。海老原和豆藤见状不禁失笑。

无数繁星点缀在宛如一片黑暗海洋的夜空中。

气温虽然很低,但四周平静无风,澄澈的空气令人心旷神怡。

大约在一小时前,日历翻过了新的一页,新年到了。卓磨和梨江并肩走在浅草的街道上。到处都是前去年初参拜的人群,路上拥堵不堪。

这还是卓磨第一次见到梨江穿和服的样子,走在一旁,总忍不住要多看她几眼。

卓磨身穿和服外褂,脚踩竹皮屐。这也是他第一次打扮成这样，不禁有些难为情。刚才梨江到家里来找卓磨的时候，他原本是打算穿便装出门的，没想到却被伊之吉给叫住，训斥了一顿。

"蠢货！哪有人穿成这样去年初参拜的？"

伊之吉强迫他换上了自己年轻时穿过的大岛绸和服。着装是在豆藤的帮助下完成的。

出门前，卓磨和梨江一同向伊之吉道别。伊之吉叹了口气，说道："梨江啊，老夫还以为你是个有眼光的女人呢。怎么偏偏看上了这种男人……"

"卓磨大哥穿起和服来真好看，和帮主您一样呢。"

梨江笑着岔开了话题。伊之吉"啧"了一声。

"开什么玩笑？老夫哪有一点像卓磨这小子了？"

"不像吗？我就是因为觉得卓磨大哥和帮主您很像，才喜欢上他的。"

梨江这么说完，咻咻地笑了起来。

桶谷刚才狼吞虎咽地吃完了跨年荞麦面。新年伊始，很多客人会上门拜访，他现在已经被叫去做迎接客人的准备。

卓磨不清楚桶谷是否能把礼数修行坚持下去，也不知道涩川组今后将会走向何方。但如果自己有朝一日继承了帮主的位置，他打算坚持涩川组的传统，兴办实业，为社会做贡献。

两人朝以雷门闻名的浅草寺走去，途经许多贩卖炒面和章鱼丸子等小吃的摊子。

"看上去真好吃啊。我有点饿了。"

"我也是。吃什么好呢？"梨江应道。

正当两人犹豫不决的时候，突然飘来了一股异域风味的香气。卓磨环视四周，发现路边停着一辆黄色露营车，五六个客人站在车前排着队。

车子周围挂着一排灯泡，将四周照得恍若白昼。车顶上立着一块英文招牌，上面写着"Spicy King"。

一个又白又瘦的男人和一个戴着黑框眼镜的女人在车内烹饪，一个身材矮小却十分壮硕的男人在车前接待客人。

从外表判断，车内的男女不到三十岁，车外的男人不到三十五岁。三人都是一副干劲十足的样子，或许是因为生意不错吧。

露营车的窗户上贴着一块纸板，上面写着菜单，菜品有热狗、卡真鸡肉和意式香草冰淇淋等。

车辆侧面摆着木质长椅，上面坐着一个五十岁左右，发际线后退的男人。男人大口吃着炸鸡，喝着罐装啤酒。

男人看见卓磨和梨江，笑着朝两人招了招手。

"来来，到店里来吃点东西吧。"

卓磨和梨江点了点头，排在队伍后面，点了热狗。车内的男女熟练地上着菜，两人点的热狗不久后就做好了。

两人坐在长椅上，咬了口还冒着热气的热狗。

梨江的脸上立刻绽开微笑。

"这个真好吃啊。"

"确实好吃。我还是第一次吃到这种味道的热狗。"卓磨说道。

圆面包中夹着法兰克福香肠、西红柿、生菜和洋葱丝。法兰克福香肠切成了螺旋状，上头裹满了番茄酱和黄芥末酱。

两人一边吃着热狗，一边打量着盛装出行的人群。

"我其实一直在想……"梨江低声说道。

"什么？"卓磨问道。

"柳刃先生和火野先生，会不会是被伊之吉先生叫到涩川组去的？"

"不可能吧……就算真是那样，帮主的目的又是什么？"

"大概是为了对抗拆迁吧？"

"你的意思是，帮主原本就认识柳刃先生他们？"

"因为得知柳刃先生真实身份的时候，伊之吉先生一点都不惊讶啊。不过也有可能是他早就看穿了他们的伪装。"

经梨江这么一说，卓磨回想起来，伊之吉当时确实十分冷静。和柳刃交谈的时候，也有点像是在做戏。

但就算真是那么一回事，伊之吉也不会承认的。或许正如梨江所说，他是在柳刃和火野来到涩川组之后才看穿了他们的身份。

不过，事到如今，真相如何已经无所谓了。

能见到柳刃和火野，卓磨就已经知足了。

两人吃完热狗，穿过雷门，进入了浅草寺境内。商店街上的特产店鳞次栉比，拥堵不堪，光是走路都非常辛苦。周围能看到好几名手持对讲机，疏导着人群的警官。人群中不乏外国游客的身影。

两人穿过两旁挂着大草鞋，立着仁王像的宝藏门，踩上石阶，在净手池清洗双手、漱口。然而，两人来到正殿后才发现前面堵满了人，根本挤不进去。

梨江从钱包中掏出零钱，踮起脚尖。

"怎么办？离得这么远，香钱都投不进去啊。"

"没关系。我们就在这里参拜吧。"卓磨说道。

梨江一脸担忧地噘起了嘴。

"可以不投香钱参拜吗？"

"神明肯定不会想要金钱的。再说了，我们又不是过来许愿的。"

"哎？是这样吗？"

"是啊。我们是来这里向神明道谢的，感谢这一路上保佑了我们。"

梨江的脸上露出夺目的笑容。

"是哦，说得没错。"

这时，卓磨突然觉得自己明白了柳刃提出的那个问题的答案。

从前，只要一遇上难过的事，卓磨就会希望自己从未出生过。但现在不一样了。

接下来还会有许多难过的事等待着自己，也会遇上一些让自己忍不住想要逃避的事。这样的事，可能比开心的事还要多得多。但卓磨不会再逃避了，不会再自欺欺人了。

每当碰壁时，他都会重新审视自身，继续活下去。

这既是为了自己，也是为了梨江，为了涩川组。

为了有朝一日，能与柳刃重逢……

人究竟是为了什么而活着？

当然是为了那些让自己庆幸出生在这个世界上的瞬间了。

卓磨和梨江闭上双眼，静静地将双手合十。

参考文献

《吃对蔬菜排毒保健》，庄司泉，主妇之友社。

《银座大厨的下酒菜秘诀》，下田彻，祥传社。

《漫画哲学入门——何谓活着？》，森冈正博，寺田 Nyankofu，讲谈社。

图书在版编目（CIP）数据

侠饭．3，黑吃黑／（日）福泽彻三著；周立彬译
．—北京：中国友谊出版公司，2020.2
　　ISBN 978-7-5057-4767-8

　　Ⅰ．①侠… Ⅱ．①福… ②周… Ⅲ．①长篇小说—日本—现代 Ⅳ．① I313.45

中国版本图书馆 CIP 数据核字（2019）第 118701 号

著作权合同登记号　图字：01-2019-7850

OTOKOMESHI Vol.3 Doto no Makanai Hen by FUKUZAWA Tetsuzo
Copyright © 2016 FUKUZAWA Tetsuzo
All rights reserved.
Original Japanese edition published by Bungeishunju Ltd., Japan in 2016.
Chinese（in simplified character only）translation rights in PRC reserved by Beijing Xiron Books Co., Ltd., under the license granted by FUKUZAWA Tetsuzo, Japan arranged with Bungeishunju Ltd., Japan through Bardon-Chinese Media Agency, Taiwan.

书名	侠饭．3，黑吃黑
作者	［日］福泽彻三
译者	周立彬
出版	中国友谊出版公司
发行	中国友谊出版公司
经销	新华书店
印刷	嘉业印刷（天津）有限公司
规格	880×1230 毫米　32 开 7.25 印张　136 千字
版次	2020 年 2 月第 1 版
印次	2020 年 2 月第 1 次印刷
书号	ISBN 978-7-5057-4767-8
定价	39.80 元
地址	北京市朝阳区西坝河南里 17 号楼
邮编	100028
电话	（010）64678009

如发现图书质量问题，可联系调换。质量投诉电话：010-82069336